Nikola Huppertz

Hundeküsse, meine beste Freundin und ich

Nikola Huppertz

HUNDEKÜSSE, MEINE BESTE FREUNDIN UND ICH

Mit Bildern von Michael Bayer

GULLIVER
von BELTZ & Gelberg

HEUTE:
EXTRA

1. Kapitel, in dem Philine unseren Verschwiegenheitseid schwört, Frau Brömer die Falsche verdächtigt und ich, Janne, eine Bruchlandung hinlege

»Der da hinten!« Ich tippe Philine auf die Schulter und zeige unauffällig aufs Ende der Warteschlange, die sich wie ein langer Schnörkel durchs Schülercafé ringelt. Dienstags in der ersten Pause gibt es immer Waffeln, da trifft man hier die halbe Schule. »Du müsstest echt mal sehen, wie toll der mit Hunden umgehen kann.«

Philine hält sich an einem i-Dötzchen aus der Klasse von meinem Bruder Emil fest und reckt sich auf Zehenspitzen in die Höhe. »Welcher?«, ruft sie. »Der mit den Segelohren oder der mit der Mädchenfrisur?«

»Schrei doch nicht so!« Hastig zerre ich sie vom Biokiosk weg, obwohl wir schon fast an der Reihe waren.

»Ey, Janne!«, schimpft Philine. »Was ist mit meiner Aniswaffel? Ich sterbe vor Hunger«, aber dann stolpert sie ohne weitere Proteste hinter mir her auf den Schulhof.

Auf Philine ist einfach Verlass. Okay, manchmal ist sie vielleicht ein kleines bisschen sensationsgierig, aber sie merkt sofort, wenn mir was ernst ist. Genau wie es sich für eine beste Freundin gehört.

»Du kannst mein Käsebrot aufessen«, sage ich und ziehe den Reißverschluss vom Anorak fast bis zur Nasenspitze hoch. Draußen ist es novembergrau und nieselig kalt, das ist nicht unbedingt mein Lieblingswetter.

»Also, wer ist jetzt dieser Leander?«, fragt Philine und klappt die Frühstücksdose auf. »Der mit den Ohren oder der mit den Haaren?«

»Mit den Haaren. Aber er sieht gar nicht mädchenhaft aus«, antworte ich. »Nur ... lockig.«

Philine beißt in mein Schulbrot und guckt mich schräg an. Pling!, direkt spüre ich, wie ich rot werde. Es ist aber auch wirklich peinlich. Ich meine, ich rede von einem Jungen, nicht von einem wuscheligen Pudel oder so. Und was Jungs betrifft, reicht mir mein kleiner Bruder normalerweise völlig. Ich bin auch nur in die Tierheim-Kindergruppe eingetreten, weil ich zu meinem Geburtstag im Sommer wieder keinen eigenen Hund gekriegt hab, obwohl ich mir nun schon seit hundert Jahren einen wünsche. Konnte ich ahnen, dass mir dort ein Junge aus der 4d über den Weg laufen würde, der genauso hundeversessen ist wie ich und auch noch ganz wahnsinnig nett dazu?

»O-oh!« Philine kichert. »Weißt du, was ich glaube, Janni?«

»Pssst«, zische ich. »Schwöre bei Sonne, Mond und Sternen, dass du es niemandem weitersagst!«

»Also hör mal«, sagt sie empört. Aber dann leckt sie sich die Butter von den Fingern und legt feierlich unseren unbrechbaren Janne-und-Philine-Verschwiegenheitseid ab.

»Es wäre schön, wenn ihr zahlreich erscheinen würdet«, sagt Frau Brömer am Anfang der Mathestunde, nachdem sie die Einladungszettel fürs Schulkonzert ausgeteilt hat. »Dieses Jahr stehen ja wieder einige von euch auf der Bühne.« Sie nickt erst Celina aus der Flöten-AG zu und dann Jonathan und Kwesi, die im Schulchor singen. Über Philine und Minu muss sie natürlich gar nicht erst was sagen. Wissen ja eh alle, dass Philine am Freitagabend mit ihrem Cello auftreten darf und Minu sie am Klavier begleitet. Die beiden sind nun mal die Musikprofis der Schule und üben schon seit Wochen ein Stück zusammen ein, das heißt *Sonatine* und ist sehr schwierig. Nicht so ein Babykram, wie die Flötenkinder immer spielen, *Uhrenkanon* oder *Kleiner Tanz*. Den Unterschied hör ja sogar ich!

»Voll schade, dass du nicht kommen kannst, Janni«, sagt Philine und malt mit Gelstift einen weinenden Smiley auf meinen Zettel.

»Glaubst du, ich hab Bock auf diese komische Hochzeit im Schwarzwald?« Ich seufze und denke an meinen Tierheimnachmittag jeden Freitag. Der fällt diese Woche nämlich auch flach, und nur, weil Papas grässliche Cousine Bianca zum dritten Mal heiratet. Da kann man sich ja sowieso schon denken, dass es wieder nicht hält. Bestimmt macht sie es nur wegen den vielen Geschenken. »Nicht mal Papa hat Lust dazu. Und Mama bloß, weil es in Stuttgart ein Völkerkundemuseum gibt und wir da auf dem Rückweg Zwischenstopp machen.«

»Ach, Kack!«, sagt Philine, und Frau Brömer wirft einen bedeutungsvollen Lehrerinnenblick in unsere Richtung. Allerdings kriegt nicht Philine ihn ab, sondern *ich*, klar. Wenn ein Mädchen supertoll Cello spielt, eine Eins nach der anderen schreibt und teure Klamotten trägt, glaubt immer kein Mensch, dass es auch dreckige Wörter sagt. Das denken die Leute mehr von so welchen wie mir. Dabei ist Philine kein bisschen besser!

»Kack, Kack, Kack«, bekräftigt sie flüsternd und lächelt Frau Brömer ziemlich frech an.

Aber die blättert nun im Mathebuch und kriegt es nicht mit. »Dann wollen wir mal die Hausaufgaben besprechen«, sagt sie nur.

Als ich nach der fünften Stunde mit Philine die Treppe runterkomme, steht Emil schon am Tor und wartet. »Janne-Tanne!«, brüllt er und stürmt auf mich zu. »Heute hatten wir das *Rrr*. Gut, was?« Und er springt mich an, dass ich das Gleichgewicht verliere und auf meinem Hintern lande. Rums. Sofort dreht sich alle Welt nach mir um. Auch ... Leander. Na super!

»Hallo, Janne«, sagt er ganz lieb. »Hast du dir wehgetan?«

»Äh, Quatsch!« Schnell beuge ich mich vor und zupfe an meinen ausgeleierten Socken, als hätte ich mich nur mal kurz hingehockt, weil sie im Stiefel runtergerutscht sind.

»Ich hab sie umgemäht«, verkündet Emil da beinahe stolz. »Aber sie ist nur auf den Po gefallen.«

Argh! Zu Hause sind kleine Brüder ja vielleicht einigermaßen brauchbar, doch in Schulen müssten sie echt verboten werden.

»Ja dann ... bis Freitag«, murmelt Leander.

Ich schiele vorsichtig hoch, und schon ist er verschwunden. Stattdessen huscht gerade Minu vorbei.

»Tschüs, Philine«, sagt sie mit ihrer piepsigen Stimme, die mich immer ein bisschen kirre macht. »Ich komm heute wieder in deinen Cellounterricht, weißt du ja.«

»Jau, da fetzen wir noch mal alles durch«, sagt

Philine. Und während sie Minu nachwinkt, zischt sie zu mir runter: »Nett, der Gelockte. So kümmerig!«

»Ich bin tot!« Stöhnend rapple ich mich auf. Aber plötzlich weiß ich, dass ich am Freitag auf gar keinen Fall zu Biancas saudämlicher Hochzeit fahren kann. »Also bis morgen«, sage ich fix, »ich frag zu Hause noch mal wegen deinem Konzert.« Dann schnappe ich mir Emil und ziehe ihn auf die Straße.

»Das *Rrr*«, sagt er beschwörend. »Bald kann ich alles lesen. Alle geheimen Dokumente! Wie ein ganz echter Agent.«

»Aha«, brumme ich. Diesen Agententick hat Emil schon seit Monaten, und eigentlich hatte ich gedacht, wenn er in die Schule geht, wird es langsam mal besser damit. Aber ich verkneife mir weitere Kommentare. Um Mama und Papa rumzukriegen, dass wir doch nicht in den Schwarzwald fahren, brauch ich unbedingt Emils Hilfe.

2. Kapitel, in dem ich in unser Haus einbreche, Emil Dreckwürmchen verteilt und Papa einen Schlips mitbringt

Zu Hause klingeln wir x-mal, doch der Türöffner summt und summt nicht, und meinen Schlüssel hab ich leider auch vergessen.

»Oah, Menno!«, schimpft Emil, als wir schließlich ums Haus rum in den Garten schlappen. Seit ein paar Wochen ist das Schloss der Hintertür schrott, und wenn ich mich feste gegen sie schmeiße, kommen wir zumindest schon mal ins Trockene. »Ich muss mal. Wieso ist denn keiner da?«

Ich zucke die Achseln. »Das Übliche, schätz ich mal.«

Mama bleibt über Mittag häufig in der Uni kleben oder rennt in den Copyshop, weil ihr irgendein wichtiger Artikel für ihr Studium fehlt. Über Regenwaldindianer zum Beispiel oder nordsibirische Rentierzüchter.

Papa macht seinen Computerkram zwar von zu Hause aus, aber manchmal fällt ihm um kurz vor eins ein, dass wir keinen Fitzel Gemüse mehr haben oder Eier für Pfannkuchenteig und er noch blitzschnell einkaufen muss. Philine sagt, ich hab die chaotischsten Eltern der Welt. Kann sein, sie hat recht.

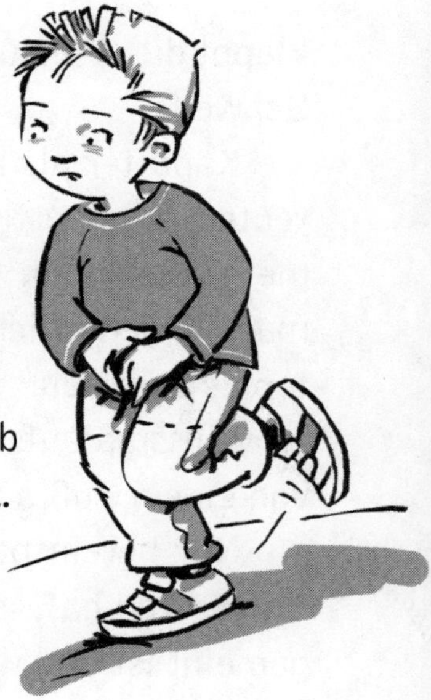

»Ich mach mir gleich in die Hose«, jammert Emil im Treppenhaus. »Tu was, Janne!«

»Geh halt bei Marc und Felix, falls gerade einer da ist.« Ich zerre ihn in den ersten Stock und drücke eilig auf die Klingel. Von ganz oben kommt uns nämlich wie jeden Tag der pingelige Herr Kutschenreuter entgegengewippt. Der geht immer genau um diese Zeit seinen Briefkasten leeren und rennt wahrscheinlich sofort zum Vermieter, wenn Emil ihm vor die Füße pinkelt. Mit Kindern hat er es nicht so.

Auf dem Treppenabsatz angekommen, legt er auch gleich los: »Das defekte Schloss nimmt weiteren Schaden, wenn es mit Gewalt ...«, aber da klappt die Wohnungstür auf und Marc steht auf der Schwelle.

»Kaputter als kaputt geht nicht, Herr Kutschenreuter«, sagt er trocken. So super! Felix und er sind meine absoluten Lieblingsnachbarn, da kann nicht mal die gemütliche alte Frau Jacobi aus dem Parterre mithalten.

»Mussmalaufsklo!« Emil trampelt ungeduldig von einem Fuß auf den anderen.

»Nur hereinspaziert, meine Herrschaften«, sagt Marc. Und ha!, ist ja klar, wer mit »Herrschaften« gemeint ist und wer nicht. Aber Herr Kutschenreuter ist sowieso schon weitergegangen. Vielleicht hat er auch was gegen Schwule.

Als wir gerade die zweite Runde *UNO Extreme* spielen, kommen Mama und Papa uns einsammeln. Im Doppelpack! Und sie haben Pizza von *Enzo's* mitgebracht! Das macht die Verspätung mehr als wett.

»'tschuldigung, wir hatten die rote Welle«, sagt Mama und betrachtet die Dreckwürmchen, die Emils geriffelte Sohlen überall auf den picobello abgeschliffenen Dielen hinterlassen haben. Marc ist ja von Beruf Innenarchitekt, und wohnungsmäßig

FELIX & MARC

ist es bei ihm und Felix ziemlich hip. »Ich bring nachher endlich mal einen Zweitschlüssel für solche Fälle runter. Das will ich doch schon seit Ewigkeiten.«

»Mensch, Sonja!«, sagt Marc. »War doch kein Problem.« Dass er schon die Küche wischen musste, weil ich beim Gleiche-Karte-Dazwischenwerfen meinen Apfelsaft verschüttet hab, verrät er zum Glück nicht. »Aber ich geb euch auch mal einen mit!«

Dann gehen wir zu uns in den Zweiten hoch und mampfen gleich aus den Pappkartons los.

»Wir haben heute ausnahmsweise blaugemacht«, erzählt Papa. »Eure Mutter hat mich genötigt, einen Schlips zu kaufen.«

Ich lasse mein Margheritastück sinken. »Für die Hochzeit?«, frage ich vorsichtig, denn normalerweise fasst Papa Krawatten nicht mal mit der Kneifzange an.

»Wofür denn sonst?« Mama rollt mit den Augen. »Hinterher kannst du das Ding gerne bei eBay versteigern, Alexander.«

Da springt Emil von seinem Stuhl auf. »M-m-mmm!« Er würgt einen Klumpen halb zerkaute Pizza runter. »Ich will auch einen Schlips. Oder eine Fliege. Wie Schäims Bont hat.«

Papa grinst. »Und dann schleichst du dich als MI6-Agent ins Standesamt ein? Spionage in Liebesangelegenheiten?«

»Genau!«, schreit Emil begeistert, und ich hab das Gefühl, jetzt muss ich gut aufpassen.

»Wir können gar nicht in den Schwarzwald fahren«, sage ich wie nebenbei. »Weil, wir sollen alle zum Schulkonzert kommen. Hat Herr Hahnebuth doch bestimmt auch gesagt, oder, Emil?« Und ich werfe ihm einen strengen Große-Schwester-Blick zu. Immerhin hab ich ihm den ganzen Heimweg über verklickert, wie dringend wir beide, er und ich, Philine mit ihrem Cello anhören wollen.

»Ach jaaa.« Emil flitzt in den Flur und kramt den gleichen Zettel aus seiner Postmappe, den Frau Brömer verteilt hat. Na also! Was ich sage, ist die eine Sache. Aber wenn sein hochheiliger Lehrer was anordnet, wird er schon nichts anderes zulassen. Hoffentlich.

»Philine Voigt, Violoncello«, liest Mama vor und schielt zu mir rüber. »Ach, daher weht der Wind. Muss deine Freundin mal wieder antreten?« Das ist nun ungünstig. Mama hält von Philines Cellospielerei nämlich nicht halb so viel wie der Rest der Welt, weil sie als Kind immer Klavier üben musste und es gehasst hat wie die Pest.

Und Papa sagt auch noch, er würde sich ja lieber eine ganze Armee von Blockflöten anhören als Biancas Süßholzgeraspel, doch es geht nun mal nicht anders, Blutsverwandtschaft ist manchmal brutal. »Ich schreib das deinem Herrn Hahnebuth gerne ins Merkheft, Emil«, fügt er hinzu.

»Aber ...« Emil kaut auf seiner Unterlippe. Dann reckt er das Kinn. »Nur, wenn ihr mir eine Agentenfliege kauft!«

»Das lässt sich einrichten«, sagt Papa. »Oder, Sonja?«

Okay, das war's dann wohl. Ich hätte es eigentlich wissen müssen. Kleine Brüder sind einfach zu bestechlich.

3. Kapitel, in dem ich Emil mein Löschblatt an den Kopf werfe, Papa Vornamen googelt und wir keine siamesischen Vierlinge sind

Als das Telefon klingelt, brüte ich gerade über Mathe. Eigentlich kann ich schriftliches Subtrahieren ganz gut, aber mit Entbündeln ist es echt umständlich.

»Für dich, Janne. Die Star-Cellistin.« Papa kommt ins Kinderzimmer und reicht mir mit einer schiefen Verbeugung den Apparat. »Rechnest du übrigens oder kritzelst du nur auf deinem Löschblatt rum?«

»Ich rechne *und* kritzle«, sage ich und scheuche ihn raus, bevor er genauer in mein Heft gucken kann. »Ja, hallo?«

»Hast du deine Eltern schon rumgekriegt?«, schreit Philine mir ins Ohr. Im Hintergrund hört man Geklimper und Gedudel, und da ist klar, sie ruft aus der Musikschule an. »Dass sie die Hochzeit sausen lassen?«

»Vergiss es«, seufze ich. »Emil hat sich ködern lassen, und allein hab ich eh keine Chance.«

»Ich hab mich gar nix«, kommt es aus der Nische zwischen Schrank und Wand, wo Emil seine Geheimzentrale hat und in einer alten Vanilleeis-Box irgendwelche Akten aufbewahrt. Wahrscheinlich stehen da lauter *Mmmms* und *Rrrrs* drauf.

»Lausch nicht immer, du Schnüffler!« Ich zerknülle mein Löschblatt und werfe es Emil an den Kopf. Dann klettere ich aufs Stockbett und krieche samt Telefon unter meine Decke. »Philine? Bist du noch dran?«

»Logisch bin ich dran«, sagt Philine ungeduldig. »Ist ja die totale

Büffelpisse! Minus Mutter hat nämlich gerade vorgeschlagen, dass wir Freitag nach dem Konzert alle zusammen essen gehen. Ich hab Mama gefragt, ob du mitkommen kannst, und stell dir vor, es geht! Das heißt, jetzt geht es ja wieder nicht, buhuuu!« Sie jault auf wie das *Kleine Gespenst* auf Emils Hörspiel-CD, aber plötzlich hält sie inne und ich kann hören, wie Minu etwas zu ihr sagt. Pieps, pieps, pieps.

Ich beiße in meine Decke. Irgendwie kann ich es nicht gut haben, wenn sich die beiden zum Proben treffen. Minu schleimt sich immer voll an Philine ran, als ob sie freundinnenmäßig viel besser zu ihr passen würde als ich.

»Janni? Minu meint auch, es wär schade, wenn du nicht kommen könntest.«

Jaja! Wer's glaubt, wird selig. Wahrscheinlich freut sie sich insgeheim, wenn sie Philine den ganzen Abend für sich allein hat.

In mir fängt es an zu brodeln. Kein Tierheim, kein Restaurant, und alles nur wegen Papas heiratstoller Cousine.

»Ich seh das gar nicht ein«, grolle ich.

»Wenn Mama und Papa wenigstens mal selbst heiraten würden! Aber das finden sie ja unnötig und von vorgestern und blablabla. Pah! Dann müssen sie uns auch nicht auf Biancas zehntausendste Hochzeit schleppen. Da hab ich schließlich auch noch ein Wörtchen mitzureden.«

»Sehr gut, jetzt wirst du aufmüpfig!« Das Dideldumdei um Philine herum wird lauter. »Du, mein Unterricht fängt gleich an. Soll ich hinterher vorbeikommen und nerven helfen? Ich kann Mama sagen, sie muss mich nicht abholen.«

»Mach das!« Entschieden krieche ich unter meiner Decke hervor und rufe extra laut: »Der weltbeste Nerver hat ja diesmal schlappgemacht.« Doch oh Wunder! Emil ist gar nicht mehr auf seinem Lauschposten. Verblüfft wische ich mir über die verschwitzte Stirn.

Mama finde ich im Badezimmer. Sie hat das Abflussrohr vom Waschbecken auseinandergeschraubt und friemelt eine eklige Masse aus Haaren und ich-weiß-nicht-was heraus.

»Du, Mama ...«, ich wickle eine Strähne, die aus meinem Pferdeschwanz gerutscht ist, um meinen

Zeigefinger, »könnten wir nicht doch ... Ich meine, Frau Brömer hat schließlich gesagt ...«

»Nein«, sagt Mama grimmig, »wir können nicht. Wer hat eigentlich schon wieder die Seife zerstückelt?«

»Ich nicht«, murmle ich und beschließe, erst mal an anderer Stelle weiterzumachen. Putzende Mütter sind mir zu angriffslustig.

Papa sitzt mit Emil vor dem PC und scheint irgendwas für ihn zu googeln: »... seltener amerikanischer Mädchenname«, sagt er. »Das arme Kind! Warum nicht gleich *Cinderella* oder *Galaxina.* Manche Eltern haben doch einen an der Waffel.«

»Papaaa«, sage ich, »also, wegen Freitag ...«

»Ich weiß, ich weiß«, gibt Papa zurück, ohne mit dem Mausgeklicke aufzuhören, »aber Mama und ich haben Bianca vor Ewigkeiten zugesagt und mit etwas Humor kriegen wir die Sache schon geschaukelt, will ich meinen. – Sag mal, Emil, wie heißt das Mädchen mit dem obskuren Namen denn weiter?« Er lacht leise in sich hinein. »Meyer, Müller oder Schmidt?«

»Weiß ich nich'«, sagt Emil. »Das muss ich noch rausfinden.«

Einen Augenblick verschlägt es mir die Sprache, weil ich in dieser Familie manchmal so was von übergangen werde. Dann hole ich tief Luft. »Ich will aber ins Tierheim!«, wüte ich los, dass Papa hochschreckt und sein Gesicht endlich über dem Monitor zum Vorschein kommt. »Und ins Schulkonzert will ich auch. Und mit Philine essen gehen. Das darf ich nämlich, falls es euch interessiert! Und wenn es sehr spät wird, kann ich ja vielleicht auch –« In dem Moment durchzischt mich *die* Idee, und vor lauter Aufregung kriege ich einen Schluckauf. Dass ich nicht eher darauf gekommen bin! Wir sind doch wohl keine siamesischen Vierlinge. Kein Mamapapaemiljannedings! Manchmal hab ich echt ein Brett vorm Kopf.

4. Kapitel, in dem Philine mir nerven hilft und mein Gehirn zu kuddelmuddelig zum Entbündeln ist

»Janne müsste natürlich bis Sonntag bei euch bleiben«, sagt Mama, nachdem Philine endlich bei uns aufgekreuzt ist und wir uns mit fünf Leuten und einem sperrigen Cellokasten im Flur knubbeln.

Im Großen und Ganzen haben Papa und sie es echt cool genommen, als ich damit rausgeplatzt bin, sie sollen – *hicks!* – doch ohne mich in ihren doofen Schwarzwald fahren, wenn sie so wild darauf sind. Papa hat sich am Ohrläppchen gezupft und gesagt, »Lass uns mal überlegen, Süße«, und Mama hat ihre pinkfarbenen Gummihandschuhe abgewurschtelt und gemeint, das wäre vielleicht eine Lösung. Aber irgendwelche Zweifel haben Eltern ja immer, und darum wurde es wirklich Zeit, dass Philine mir helfen kommt.

»Das geht bestimmt!« Eifrig schält sie sich aus

ihrem Mantel und feuert ihn in die Ecke. Bei uns benimmt sie sich meistens nicht ganz so manierlich wie zu Hause, aber bei Voigts gibt es auch immer genug Kleiderbügel. »Je länger, desto besser.«

»Nicht, dass ihr euch verkracht, wenn ihr euch tagelang auf der Pelle hockt«, gibt Mama zu bedenken. »Dann kann nämlich keiner kommen und Janne abholen.«

Philine macht ein Gesicht, als würde ihr jemand was vom Weihnachtsmann erzählen. »Wir zoffen uns nie. Stimmt's, Janni?«

»Nie!«, sage ich, starre sie an wie ein Schlangenbeschwörer und nicke ihr unmerklich zu, das heißt so viel wie Los-weiter-ich-hab-schon-die-Vorarbeit-geleistet-jetzt-bist-du-dran-mit-nerven.

Und da legt Philine sich schwer ins Zeug. »In unserem Haus ist sooo viel Platz, da kann man sich gar nicht auf den Keks gehen!« Sie fuchtelt mit den Armen durch die Luft, dass Emil sich schnell auf die Kommode rettet. »Zweihundertzwanzig Quadratmeter plus Hobbykeller und Sauna. Und außerdem«, nun wirft sie einen triumphierenden Blick in die Runde, »außerdem ist da ja noch – Trinchen.«

Volltreffer! Gegen Trinchen kommen Mama und

Papa im Leben nicht an. Sie wissen schließlich genau, wie heiß und innig ich Philines Rauhaardackelin liebe, sogar noch doller als Laila, das Terrierfräulein, und Speedy, den Colliemischling, und all die anderen Hunde aus dem Tierheim, weil sie so eine liebe, alte Dame ist und ganz unglaublich schmusig.

»Bei uns würde Janne es tausend Jahre aushalten, ohne Heimweh zu kriegen«, sagt Philine zufrieden.

Ich nicke wild. »Mindestens!«

»Soso.« Papa zieht eine Augenbraue hoch. »Na, alt genug bist du ja, um ein paar Tage auf uns zu verzichten, Janne.«

Da wird Emil auf seiner Kommode munter. »Ja-ha-haaa, auf Mama und dich kann sie verzichten«, wirft er ein und macht sein prahlerisches Geheimagentengesicht. Was der sich wieder einbildet. Als würde ich es ohne *ihn* keine fünf Minuten aushalten! Aber ich lasse ihn in seinem Glauben, denn nun hat Mama sich mit dem Telefon in die Küche verzogen, und ich muss unbedingt hören, was Sache ist.

»Tag, Frau Voigt«, kommt es durch die Tür. Dann Gemurmel und ab und zu »unsere Janne«, und nach einer halben Ewigkeit, als ich vor lauter Luftanhalten bestimmt schon ganz blau um die Nase bin: »Da werden sich die Mädels ja freuen.«

»Yeah!«, rufe ich.

»Hammergeil!«, ruft Philine.

Papa legt mir eine Hand um den Nacken. »Aber mir wird ohne meine kleine Kratzbürste richtig was fehlen.«

Leider kann Philine nicht lange bleiben. Wegen der Celloprobe hat sie noch keine einzige Hausaufgabe gemacht, und um Trinchen muss sie sich auch ganz dringend kümmern.

»Die ist ja getaktet wie ein Manager«, sagt Mama kopfschüttelnd. »Vielleicht ganz gut, wenn ihr am Wochenende mal ordentlich Zeit füreinander habt.« Dann guckt sie mich forschend an. »Was ist übrigens mit *deinen* Hausaufgaben, Hummel? Papa hat gesagt ...«

»Mach ich jetzt fertig!« Ich sause ins Kinderzimmer und setze mich wieder an Mathe. Auf diese elenden Entbündelungen kann ich mich allerdings noch schlechter konzentrieren als vorhin. Wo es doch so viel Gutes zum Drauffreuen gibt!

Ja dann ... bis Freitag, schwirrt es mir durch den Kopf, als ich gerade einen Zehner in zehn Einer umwandeln will, aber es gibt keinen und ich muss extra einen Hunderter anbrechen. Du liebes Lottchen, wenn Leander wüsste, was ich wegen Freitag für einen Aufstand gemacht hab! Ich müsste ja auf der Stelle auswandern, nach Sibirien zum Beispiel, zu diesen Rentierzüchtern, oder in den tropischen Regenwald. Aber natürlich ging es nicht allein um ihn, sondern auch um Philine. Und um die Sache mit Minu. Die würde es schließlich sooo schade finden, wenn ich nicht zum Konzert kommen könnte, ha-ha! Bloß, ich komme ja. Ich komme und verbringe das ganze Wochenende mit Philine. Weil *ich* nämlich ihre beste Freundin bin, jawohl! Entschlossen beuge ich mich wieder über die Aufgabe. Dummerweise gibt es auch keine Hunderter, bloß sieben Tausender, und ich fürchte, einen von ihnen muss ich zuallererst umwandeln. Sehr unpraktisch! Da fällt mir ein, in der 4d sind doch heute sicher auch diese Einladungszettel verteilt worden. Und bestimmt fährt Leander am Freitag nach dem Tierheim ja auch noch mal zur Schule rüber und hört sich das Konzert an ... Junge, Junge, ist das alles aufregend!

»Na, kommst du klar?«

Huch! Mathewütiger Vater im Anmarsch.

Ich starre auf mein Heft. Die Seite ist noch fast leer.

Papa seufzt. »Nicht ganz bei der Sache, was?«

»Nee, nicht ganz«, murmle ich verlegen.

5. Kapitel, in dem ich kein Hackfleisch aus Emil machen muss, er aber trotzdem ziemlich peinlich ist

An manchen Tagen findet Emil in der Pause niemanden zum Spielen und lauert mir auf. »Emilattacke« sagt Philine dazu, aber sie hat nicht viel dagegen. Wo Emil ist, ist Rambazamba, und Rambazamba findet Philine gut. Doch als er am Mittwoch ununterbrochen auf dem Schulhof hinter uns herschleicht und unsere Wochenendplanung belauscht, wird es selbst ihr zu doof. Mit einem Mal dreht sie sich zu ihm um. »Hör gut zu, Emilchen«, sagt sie honigsüß. »Janni und ich kaufen uns bergeweise ungesunden Süßkram. Wir nehmen Trinchen mit ins Bett, obwohl meine Eltern das unhygienisch finden, und hören Gruselschockergeschichten im Dunkeln. Zufrieden? Und jetzt – kusch!«

Emil rührt sich nicht. »Guck mal, Janne«, sagt er nur. »Da ist das Mädchen aus deinem Tierheim.«

»Äääh, wer?« Ich folge Emils Zeigefinger mit den Augen, und ... mein Herz setzt einen Schlag aus. Über die glitschige Wackelbrücke balanciert Leander, ganz für sich allein. »Das ist doch kein Mädchen, du Eumel!«

Emil sieht mich an, als wäre ich nicht ganz dicht im Kopf.

»Hat ja nicht jeder solche Borsten wie du«, sage

ich ärgerlich. »Es gibt auch Jungs mit langen Haaren.«

»Mit langen Locken«, verbessert Philine und kichert so laut, dass Leander aufmerkt. Er schwankt, rudert mit den Armen und rettet sich mit einem Satz von der Brücke. Dann kommt er kurz entschlossen zu uns rüber.

»Na«, sagt er, »sehen wir uns doch noch mal vor Freitag?«

Mir wird es ganz mulmig. Wenn Emil mich jetzt wieder blamiert, mache ich Hackfleisch aus ihm. »Hallo«, murmle ich, »so ein Zufall.«

Aber da legt Emil schon los. »Ich weiß, wer du bist«, sagt er mit wichtiger Miene. »Ich bin nämlich Jannes Bruder.«

»Hab ich mir schon gedacht.« Leander nickt ihm zu.

»Ich weiß auch tausendmillion andere Sachen!«

»Ah ja?«, sagt Leander freundlich. »Was denn zum Beispiel?«

Unauffällig trete ich Philine auf den Fuß. Sie hat mir die Suppe eingebrockt mit ihrem Gegickel, jetzt muss sie mir auch helfen, Emil das Maul zu stopfen, welchen Mist er auch immer von sich geben will.

Und Philine wäre nicht Philine, wenn sie nicht sofort begreifen würde.

»Janne hat schon total viel von der Tierheimgruppe erzählt«, redet sie drauflos, als er gerade zu einer Antwort ansetzen will. »Da würde ich auch gern mitmachen, wenn ich Zeit hätte.«

»Philine hat schon so viele andere Termine«, füge ich hinzu, denn Emils Mund klappt schon wieder auf. »Sie spielt Cello.«

»Cello, aha …« Sehr beeindruckt sieht Leander nicht aus, aber das ist ja auch ganz gut so.

»Da fällt mir was ein!« Philine blinzelt mir zu. »Ich soll für meine Mutter noch ein paar Konzertflyer besorgen, aber allein trau ich mich irgendwie nicht zu fragen. Emilchen, kannst du vielleicht mit mir ins Sekretariat kommen?«

»Muss das sein?«, mault Emil. Doch ein bisschen geschmeichelt sieht er schon aus.

»Och, bittebittebitte! Vielleicht darfst du ja selbst kopieren.«

Das zieht. Emil sagt, »Na guuut«, und zieht ohne weitere Proteste mit Philine ab. Nur an der Tür bleibt er noch mal stehen. »Nämlich!«, brüllt er über den Hof, dass es mir durch Mark und Bein fährt. »Ich bin ein Geheimagent.« Dann verschwindet er im Schulgebäude.

Als ich wie auf Spiralfedern zum Klassenraum zurückhüpfe, wartet Philine schon im Gang auf mich – und wird von Minu belagert. Typisch! Dieses Mädchen nutzt echt jede Gelegenheit.

»Na, Janni?« Philine grinst. »Alles o.k.?«

Ich nicke und ziehe vielsagend die Brauen hoch, aber weil Minu keinen Millimeter von ihr abrückt, kann ich natürlich nichts erzählen. Nicht, wie toll ich mich mit Leander über »unsere« Hunde unterhalten und sogar erfahren habe, dass Alrun, die Germanische Bärenhündin, sein heimlicher Liebling ist. Und erst recht nicht, wie nett er mich dauernd angeguckt hat mit diesen Augen, die manchmal grau aussehen und manchmal dunkelblau. Ich kann Philine nicht mal fragen, ob meine Ohren sehr verräterisch leuchten, und das wäre nun wirklich wichtig.

»Hast du die Flyer?«, frage ich stattdessen. Obwohl mir schon klar ist, dass sie da bloß ein ausgefuchstes Emil-Weglock-Manöver abgeliefert hat.

Philines Augen fangen auch gleich an zu funkeln. »Ich bin ja manchmal sooo ein Dummchen!« Sie klimpert mit den Wimpern. »Das Sekretariat hat mittwochs doch nur in der ersten Pause geöffnet, tataaa! Also nix mit kopieren. Da hab ich meinem mutigen Beschützer einen Banane-Ananas-Spieß ausgegeben.«

Und Minu im Schülercafé getroffen, füge ich in Gedanken hinzu. Die sich direkt an dich drangehängt hat und mich jetzt auch noch so scheinheilig anlächelt.

»Super, dass du am Freitag doch kommst, Janne!« Minu wirft ihre ewig langen Zöpfe zurück, die immer alle bewundern, dabei sieht sie damit aus wie Rotkäppchen ohne rotes Käppchen. »Wir gehen nach dem Konzert ins *Palazzo.*«

»Ist geritzt«, sage ich knapp. Ich hab zwar noch nie was von diesem *Palazzo* gehört, aber ohne Nachfragen werde ich Minu wohl am ehesten los.

Oder auch nicht.

»Oh Schock, ins *Palazzo*!«, ruft Philine da nämlich. Bei ihrer quasseligen Veranlagung darf man sich nicht wundern, wenn Minu nicht merkt, wie sehr sie stört. »Das ist ja eine Strafe! So schlecht spielen wir doch auch wieder nicht«, und sie lacht ihr quietschfröhlich ins Gesicht.

Minu lacht zurück, ganz hoch und meckerig, und als sich die beiden endlich beruhigt haben, rückt schon Frau Brömer an und schließt die Klassentür auf. Toll.

Doch da legt Philine ihren Arm um meine Schulter. »Autsch, an deinen Ohren verbrennt man sich ja«, flüstert sie und zieht mich eilig zu unserem Tisch. »Los, jetzt erzähl schon, Janni! Und wehe, du lässt irgendwas aus.«

An der Ecke, wo der Backshop ist, die Paracelsus-Apotheke und der Ein-Euro-Laden und wo Emil und ich immer in unsere Straße einbiegen, steigt gerade Felix aus der Tram.

»Na, ihr beiden«, sagt er und holt uns mit seinen Siebenmeilenschritten ein. Papa sagt, Felix könnte einen super Basketballer abgeben, längenmäßig und überhaupt, aber in echt schreibt er für irgend so ein Kulturmagazin. »Schule aus?«

Ich nicke, und dann gehen wir das letzte Stück zusammen. Das heißt, Felix geht. Wir rennen nebenher.

»Äh, du«, keucht Emil, »was ich mal fragen wollte …«

»Mhm?« Felix guckt zu ihm runter, und plötzlich

wechselt er in so ein Tempo, wie i-Dötzchen es normalerweise draufhaben.

»Du liebst doch Marc, oder?«

Oh, dieser Junge! Ich falle fast in Ohnmacht vor Peinlichkeit.

Aber Felix sieht nicht beeindruckter aus, als hätte Emil ihn nach dem Wetter gefragt. »Ja, klar.«

»Mit heiraten oder ohne?«

»Schau'n wir mal.«

Emil atmet tief ein, und ich zittere schon vor dem nächsten Knüller, aber er fängt nur an, unverständlich vor sich hinzumurmeln. Uff!

Da sagt Felix zu mir: »Ich hab gehört, der Kutschenreuter wollte euch gestern wieder attackieren?«

»Öhm, ja«, sage ich und ziehe die Schultern hoch. »Wegen der kaputten Hintertür.« Dass ich nicht so supersanft damit umgegangen bin, muss ich ja nicht extra erwähnen.

»Nimm's nicht persönlich, irgendwas plagt den armen Teufel ja immer.« Felix fischt seinen Schlüssel aus der Tasche. »Im Moment macht er sich Sorgen wegen der Einbruchgefahr. Aber nächste Woche will der Vermieter endlich jemanden kommen lassen, der sich darum kümmert, dann hat der Kutschenreuter erst mal wieder seinen Frieden.« Und er lässt uns mit einem kleinen Seufzer ins Haus.

Einbruchgefahr. Ich starre zu unserer vermackten Hintertür. Da bin ich von selbst noch gar nicht drauf gekommen, obwohl ich ja auch schon ... Hu! Über meinen Rücken huscht ein kleiner, kitzeliger Schauder-Schauer.

6. Kapitel, in dem erst alles zu langsam geht und dann fast zu schnell

Am Donnerstag fängt bei mir das große Gehibbel an.

Die Schule kommt mir dreimal so lang vor wie sonst, weil Philine und die anderen Musikkinder Bühnenprobe in der Aula haben und ich in Englisch, Reli und Textilem Gestalten ganz allein dasitze. Und von Leander sehe ich leider nicht mal einen kleinen Finger, obwohl ich in beiden Pausen im Novemberschmuddel rumspaziere und nach ihm Ausschau halte.

Hibbel, hibbel, hibbel.

Zu Hause ist es keinen Deut besser. Mama ruft aus der Uni an und sagt, sie kann sich auf keinen Fall vor fünf, halb sechs loseisen, Papa klemmt sich gleich nach dem Mittagessen hinter den PC, weil er noch was Brennendes abarbeiten muss, und Emil thront mit Hemd und Fliege in seiner Zentrale, fabriziert Akten und tut unheimlich wichtig, der kleine Macho.

Hibbel, hibbel, hibbel.

Aber immerhin hab ich nun ein bisschen was zu tun.

Ich suche meinen Lieblingsschlafanzug aus dem Trockner – den weinroten mit dem Schnörkelprint – durchwühle den Schrank nach meiner ansehnlichsten Unterwäsche und schrubbe alte Zahnpastareste von meinem durchsichtigen Reise-Glitzer-Waschset. Ich stapfe durch windigen Regen zum Kiosk und kaufe Schaumerdbeeren, Saure Pommes und alles, was eben so drin ist, wenn man nur einsfünfzig pro Woche kriegt und für gute Noten leider nichts außer ein bisschen Haarezauseln. Und ich kämpfe mich weiter durch das Schmuddelwetter zur Stadtteilbücherei, leihe eine CD aus, die heißt *Nachts, wenn alles schläft*, und nehme noch ein Buch über einen Hund namens Leo mit, um mich irgendwie über den Abend zu retten. Aber ich weiß schon, dass ich keine halbe Seite am Stück schaffen werde, weil mein Kopf nichts anderes mehr denken kann als: morgen!

Hibbel, hibbel, hibbel.

»Probier mal, ob die Dinger noch passen!« Kaum hat Papa uns am Freitagmittag die Tür geöffnet, drückt er Emil ein Paar abgenudelte Winterstiefel in die Hand. Seine Haare sind wirr, sein Gesicht noch ganz stoppelig, und überhaupt sieht er ziemlich gestresst aus. »Stunden hab ich in der Werkstatt gewartet, um noch kurzfristig Winterreifen auf die Karre zu kriegen«, stöhnt er. »Im Schwarzwald hat es die ganze Nacht geschneit.« Dann dreht er sich zum Badezimmer um und ruft in Emils Jubelschrei hinein: »Wie bekloppt muss man eigentlich sein, um im November zu heiraten, Sonja? Wenn schon, dann würde ich mir ja den Mai aussuchen.«

Dem Geklapper nach packt Mama gerade ihren Kulturbeutel. »Soll das etwa ein Antrag sein?«, ruft sie zurück.

Ich sauge die Luft ein und schicke einen stillen Wunsch ans Universum, doch ich weiß die Antwort natürlich schon vorher.

»Nein, zum Kuckuck!« Papa kniet sich hin und kramt seine gefütterten Rindslederboots aus der Schuhbank. »Ich meine doch nur theoretisch.«

»Theoretisch hätten wir auch schon am Dienstag

den Reifenwechsel erledigt. Wenn du mich nicht für hysterisch erklärt hättest, Alexander.«

Über Papas Nase taucht eine steile Falte auf, und bevor er etwas entgegnen kann, flüchte ich mich ins Kinderzimmer. Ich kann es immer nicht so gut ertragen, wenn Eltern rumsticheln, und außerdem muss ich noch mal checken, ob ich wirklich alles fürs Wochenende beisammenhab. Auch wenn es im norddeutschen Tiefland ja leider bloß regnet und ich nicht viel brauche.

Als wir zwanzig Minuten später um den Mittagstisch sitzen, hat sich die Lage beruhigt, und hmnjamnjam!, es duftet ganz wunderbar würzig nach Brutzelkäse. Papa hat gestern Abend extra noch eine Lasagne vorbereitet, mein allerliebstes Lieblingsessen, und überhaupt sind plötzlich alle wahnsinnig nett zu mir.

»Ich hab dir was in deiner Jacke versteckt«, sagt Emil und schaufelt sich den Teller voll. »Aber erst nachgucken, wenn wir weg sind! Bevor du ins Tierheim reingehst, kapitto-kaputto?« Und er strahlt mich so proppestolz an, dass ich ihn richtig süß finde mit seinen weit auseinanderstehenden Milchzähnen, die einfach nicht wackeln wollen, und seinen Strubbelhaaren und seiner albernen Fliege um den Hals.

»Voll lieb von dir.« Ich lehne mich quer über den Tisch, um ihn ein bisschen zu knuddeln.

»Ey, du zermatschst mein Essen!«, ruft Emil und boxt sich frei. Aber er langt nicht halb so brutal zu wie sonst, und daran sieht man ja, wie ungern er mich zurücklässt.

Mama fragt mich ihre Handynummer ab, einmal, zweimal und sicherheitshalber noch ein drittes Mal, weil ich angeblich eh alle wichtigen Zettel verbummle, und was man im Kopf hat, hat man im Kopf. Dann drückt sie mir urplötzlich einen türkisfarbenen Edelstein in die Hand, superschön geschliffen und spiegelglatt, und sagt, Türkise sind die wichtigsten Schmucksteine der Zuñi in New Mexico. Als kleiner Ersatz, weil ich ja jetzt die tollen India-

ner-Exponate im Völkerkundemuseum verpasse, ich Banause. Und ich soll auf ihn aufpassen.

Mir wird es ganz feierlich zumute und auch ein bisschen traurig. »Danke schön«, flüstere ich, lasse den Türkis in meiner Hosentasche verschwinden und spieße umständlich einen Fleischkrümel auf.

»Ähm«, sagt Papa, »das ist eine La-sag-ne, schon bemerkt?« Er zupft mich am Ohr. »Jetzt hau aber mal rein, Janne! Du willst doch sicher nicht zu spät zu deiner Tierheimmeute kommen.«

Und da brizzelt in mir wieder die Vorfreude los, erst ganz leicht, blipp-plopp, blipp-plopp, und dann immer wilder, bis es

mir vorkommt, als hätte ich eine Sodapatrone im Bauch. Eilig schaufle ich los. Gleich! Gleich ist der Wochenendcountdown abgelaufen.

10-9-8-7-6-5-4-3-2-1 — Go!

7. Kapitel, in dem ich einen heiligen Vertrag abschließe, der aber für die Katz ist, und die Hühner ein wahres Wort sprechen

Normalerweise fahre ich mit Bus und Bahn zum Tierheim, aber weil heute ein besonderer Tag ist und weil die Autobahnauffahrt sowieso ganz in der Nähe liegt, setzen Mama, Papa und Emil mich noch kurz ab.

»Gute Fahrt!«, rufe ich ihnen hinterher. Und während ich zusehe, wie unser alter Golf sich wieder in den Verkehr einfädelt, zippe ich meine Anoraktaschen auf und wühle nach Emils Überraschung, daran hat er mich im Auto mindestens zehnmal erinnert. Die linke Hand findet einen Fingerhandschuh, meinen Haustürschlüssel, eine leere Tictac-Dose, ein paar zerkrumpelte Papierchen und ziemlich viele Krümel, die rechte den anderen Handschuh, noch einen Zettel, noch mehr Krümel und – aha! – ein kleines, raues

Dingsda. Neugierig fische ich es heraus. Ein Hundekuchen! Ein Hundekuchen in Knochenform. Oh Mann, wenn er wegfährt, ist mein Bruder wirklich herzig. Ich winke noch mal so kräftig ich kann, aber im selben Moment biegt der Golf um die Ecke und verschwindet.

Da hält mich nichts mehr zurück. Mit Kawupp werfe ich mir meinen Rucksack über die Schulter und sause die Stufen zum Haupthaus hoch. Und als mir schon das *Tüteltüteliiiet* aus der Wellensittichvoliere entgegenquietscht, passiert es: Ich schließe in genau diesem Moment mit mir selbst einen Vertrag ab, heilig geschworen auf Sonne, Mond und Sterne. WENN Leander jetzt wieder sofort zu mir kommt und WENN er mich noch mal auf diese Art anguckt, die heißt: *wir zwei, die Hundeprofis*, dann frag ich ihn, ob wir uns heute Abend irgendwo in der Schule treffen und im Konzert nebeneinandersitzen wollen. So. Und ich fühle mich ... wow!

Leander. Kommt. Nicht.

»Jaaanneee!« Auf der Besuchercouch haben sich schon Daphne und Charlotte breitgemacht und winken mir zu. »Hallo-Haaallo!«

Ja, genau, hallo?! Hier bin ich, und so wie diese albernen Hühner mit den Wellensittichen um die Wette kreischen, müsste es eigentlich die halbe Welt mitgekriegt haben. Sogar Nils, Marvin und der doofe Sören, die den Zivi am Empfangstresen belagern, drehen sich nach mir um.

Aber Leander rührt sich keinen Millimeter. Wie festgenagelt steht er vor der Infowand im Seitengang und liest Plakate, *Igelhilfe bittet um Spenden* und was da sonst noch so alles hängt. Und erst als ich mein Gepäck mit Gerumpel und Gepumpel neben einem roten Trolley in der Garderobe verstaut hab und extra langsam zu den anderen bummle, guckt er überhaupt mal in meine Richtung. Fragt sich nur, wie! Regelrecht verschreckt und mit einem ganz nuscheligen Gruß. Dann verschwindet er noch einen Schritt tiefer im Gang, und es ist, als würde mir jemand eine Rolle Paketschnur um den Magen wickeln, bis er total zusammengequetscht ist. Ich hab ja nicht damit gerechnet, dass Leander vor allen anderen in Freudentänze ausbricht, wenn er mich sieht, *sha-la-la* und *cha-cha-cha*. Aber dass er so tut, als wäre ich der Tierheimschreck in Person, finde ich nun doch irgendwie frustig.

»Ist Frau Reinke im Büro?«, frage ich Daphne und Charlotte, weil mir nichts Besseres einfällt.

»Nee, weißte, Janne«, ruft Sören da zu mir rüber. Aus seinem Grinsemund baumelt eine aufgedröselte Lakritzschnecke. »Die hat sich in einen Wellensittich verwandelt und flattert durch die Voliere.«

»Blödbacke«, sage ich ziemlich schlapp.

Die Hühner kichern trotzdem Beifall.

»Sumpftussi!«, gibt Sören zurück.

Jetzt kichern die Jungs am Tresen.

Aus dem Gang kommt kein Mucks. Kein Lachen. Aber auch nichts ... Kümmeriges.

»Sollen wir rücken?«, fragt Charlotte.

Ich zucke die Achseln und hocke mich auf die Armlehne. Eigentlich hätte ich es wissen müssen. Schon gestern, als ich Leander in der Pause nicht gefunden hab. Er hat mir was angemerkt! Er hat mir was angemerkt, und jetzt macht er einen Bogen um mich. Oh, ich könnte im Erdboden versinken und für immer und ewig bei den Regenwürmern bleiben!

»Janne?« Ein Ellbogen rammt sich in meine Seite.

»Hm?«

»Mach dir nix aus diesen Tröten.« Daphne zeigt mit dem Daumen zum Tresen und zieht eine Grimasse.

»Voll beknackt sind die«, bekräftigt Charlotte.

Ich nicke. Wo die Hühner recht haben, haben sie recht. Jungs kann man einfach in der Pfeife rauchen, einen wie den anderen. Wie konnte ich nur denken, bei Leander wäre es anders? Meine Augen werden gefährlich warm, aber im nächsten Moment geht zum Glück die Bürotür auf.

»Tag, Leute«, sagt Frau Reinke. »Dann wollen wir mal.«

8. Kapitel, in dem ich die Meerschweinchen besuche, ein Feld pflügen will und ziemlich viele Hundeküsse kriege

Noch nie, nie, nie seit ich in der Tierheimgruppe bin, und das sind jetzt immerhin schon drei Monate, eine Woche und sechs Tage, hab ich mir eine Gelegenheit entgehen lassen, bei den Hunden zu helfen. Ich meine, wozu bin ich denn hier? Um den Wellensittichen das Sprechen beizubringen? Um den Meerschweinchen beim Mümmeln zuzugucken?

NEIN!

Aber diesmal … gucke ich den Meerschweinchen beim Mümmeln zu. Ist ja nicht so, dass

ich mich jemandem aufdrängen will, da kann Leander ganz beruhigt sein. Ich rück ihm schon nicht auf die Pelle, wenn er sich um seine Alrun kümmert. Heute Nacht schläft die weltsüßeste Dackeloma in meinem Bett, was will ich da mehr?

»Ach jechen!«, ruft Daphne, nachdem wir mit dem Zivi im Kleintierschuppen ausgemistet haben, und wedelt mit einem Salatblatt über dem Meerschweingehege rum. »Lizzy macht Männchen.«

»Feeeiiin, Lizzy«, lobt Charlotte und bricht eine Karotte in zwei Teile. »Schau mal, Mööööhrchen!«

Mich überfällt das Gähnen. Nicht, dass ich Meerschweinchen nicht mag. Sie sind sehr liebe Tiere. Verglichen mit Hunden nur vielleicht ein klitzekleines bisschen – langweilig.

»Ich bring schon mal die dreckige Streu auf den Kompost«, murmle ich, hebe meinen aus der Tasche geflutschten Türkis vom

Schuppengang auf und stemme die Schubkarre aus der Tür.

»Brauchst du Hilfe?«, ruft der Zivi mir nach, aber ich tue so, als hätte ich es wegen dem Gebell, das vom Hundehaus über die ganze Außenanlage radaut, nicht mehr mitbekommen.

Draußen ist es ratzekalt und ausnahmsweise mal trocken. Das heißt, in der Luft. Der Boden ist die reinste Matschwüste. Ich lege mich volle Pulle in die Eisen und pflüge mich, ohne nach rechts und links zu gucken, durch den Dreck. Phhh, das tut gut! Ich könnte ein ganzes Feld durchfurchen.

»Ah, dort kommt ja endlich meine Spezi-Frau!«, höre ich da Frau Reinke durch das Gekläff rufen. Ihre Spezi-Frau. Das bin ich. Und Leander ist ihr Spezi-Mann.

»Lass das schwere Ding ruhig stehen, Janne. Laila wartet schon auf dich.«

Laila!

Wie in Zeitlupe drehe ich mich zur Hundeanlage um, wo die Hunde-Runde jetzt Freilauf auf ihrer großen Spielwiese hat und wild mit den Jungs rumtobt.

LailaSpeedyPoldiSanchoBronjaAlrun!

Ich schlucke. Ich muss den Süßen doch wenigstens mal kurz Hallo sagen! Bevor es wieder eine Woche dauert, bis ich sie das nächste Mal sehe. Man kann ja schon nie sicher sein, ob in der Zwischenzeit nicht einer von ihnen vermittelt wird. Und wenn ich eh nur noch bei den Meerschweinchen rumhocke, kann ich die Gruppe auch gleich sausen lassen. Dann hab ich wieder nix Hundemäßiges.

»Hey!«, ruft Frau Reinke. »Was ist jetzt?«

Ach, rutscht mir doch den Buckel runter! »Ich komm schon«, rufe ich zurück.

Es haut mich fast um, so stürmisch werde ich begrüßt. Zehn schlammige Pfoten springen an mir hoch, und fünf warme Schlabberzungen lecken mir über Gesicht und Hände. Was Schöneres gibt's auf der ganzen Welt nicht!

Nur Alrun lässt mich links liegen wie fast immer, wenn Leander in der Nähe ist. Sie passen echt super zusammen.

Leider ist Anspringen im Tierheim verboten.

»Aus!«, ruft Frau Reinke mit ihrer energischen Chefinnenstimme, und auf die hören die Hunde immer. »Jetzt ist hier Bürsten angesagt. – Janne, Leander, ihr wisst Bescheid. Der Rest kommt noch mal zu mir und spitzt die Löffel.«

Sören mault natürlich rum von wegen ungerecht, aber er trottet doch genauso brav zu ihr rüber wie Nils und Marvin. Wenn Frau Reinke streng wird, spurt sogar der.

Und da weiß ich, es lässt sich nicht vermeiden. Alle paar Schritte untersuche ich Lailas drahtiges Fell, aber als ich vor dem Schuppen mit den Hundeutensilien endlich aufblicke, stehe ich natürlich doch alleine mit Leander da.

»Na«, sagt er so nebenbei und zupft ein paar Hundehaare aus der Holznoppenbürste, »wie geht's?«

»Blendend«, antworte ich unfreundlich. Noch mal lasse ich mir bestimmt nichts anmerken. Soll er mal ruhig denken, er hätte sich alles bloß eingebildet. »Wieso?«

»Weil ...« Leander zuckt die Achseln. Dann guckt er mich plötzlich an und sagt: »Ich komm heute Abend übrigens nicht zum Schulkonzert.«

»Aha«, ich versuche, nicht auf das Paketschnurkneifen in meinem Bauch zu achten, »gut, gut!« Und ich will mich schon wieder vom Acker machen, da fällt mir was ein. »Alrun!« Mit aufgeregten Fingern fummle ich Emils Hundekuchen aus meiner Jackentasche und halte ihn hoch in die Luft. »Leckerli.«

Wusch!, sofort fegt die Bärenhündin auf mich zu und verpasst mir einen nachträglichen Begrüßungsschlecker. Na also. Wenigstens auf Hunde kann man zählen. Ich mache halbe-halbe, damit Laila nicht leer ausgeht, und schnappe mir den Terrierstriegel.

9. Kapitel, in dem Trinchen ganz wild auf meine Klamotten ist, andere Leute aber weniger, und in dem Philine die Paketschnur zum Reißen bringt

Auf dem Rückweg fährt mir erst die U-Bahn vor der Nase weg und dann kommt ewig kein Anschlussbus, und als ich bei Philine eintrudle, ist es schon nach fünf.

»Mein lieber Scholli!«, ruft ihre Mutter beim Türaufmachen und lässt den Blick an meinem eingesauten Anorak runterwandern. »Grüß dich, Janne! Da bist du ja.«

»Hallo«, murmle ich und beuge mich über Trinchen, die höchst interessiert an meinen Hosenbeinen schnuppert. Ich weiß nie, ob ich »Dorothee« oder »Frau Voigt« sagen soll, deshalb entscheide ich mich immer für keins von beiden. »Meine Sachen sind vielleicht ein kleines bisschen …«

»Huhuuu, Janni!«, kommt es da aus dem Obergeschoss, und im nächsten Moment galoppiert Phi-

line die Treppe runter. »Eeendlich! Ich dachte schon, du hättest mich ganz vergessen über deinem heiß geliebten ... Hundetrupp!« Sie kichert und will mir um den Hals fallen, aber ihre Mutter schiebt sich schnell dazwischen.

»Vorsicht!«, ruft sie. »Deine Konzertkleidung.«

Und da bemerke ich erst so richtig, wie schnieke Philine aussieht. Voll die edle Bluse hat sie an und eine glänzende Strumpfhose unter dem Rock. Mannomann! Also wenn ich nicht wüsste, dass Philine Philine ist ... Fix schlüpfe ich aus meinen Matschwüsten-Schuhen und stelle sie in den Flur.

»Die bring ich schnell in Ordnung.« Frau Voigt lächelt schief. Oder – *Dorothee*? »Und den Rest wirf bitte neben die Waschmaschine. Auch die Jacke!«

»Ach«, ich winke ab. Wo Trinchen schon mal sechs wunderhimmlische Düfte zur Auswahl hat und gar nicht mehr aufhört an mir zu schnüffeln, wäre es ja wirklich schade, mich umzuziehen. »Das kann man einfach abklopfen.«

Aber damit kann ich Philines Mutter leider nicht kommen. »Philine leiht dir alles, was du brauchst«, sagt sie etwas hektisch und schiebt Philine mit der einen und mich mit der anderen Hand zur Treppe. »Jetzt aber dalli! Ich geh noch kurz mit Trinchen um den Block, und Janne zieht sich um. Und Taschen ausleeren nicht vergessen!«

»Du hast doch wohl nicht geglaubt, Mama lässt dich pottdreckig ins *Palazzo*!«, sagt Philine und wühlt wild in ihrem Kleiderschrank. »Willst du die braune Samthose mit den Ornamenten?«

Ich stehe unterhosig vor dem Papierkorb und versenke meinen gesammelten Müll. »Lass mal, ich hab noch 'ne Wechseljeans dabei«, antworte ich und rette meinen Türkis in letzter Sekunde aus einem zerknautschten Papiertaschentuch.

»Jeans kannst du in *dem* Schuppen auch vergessen.« Philine stößt einen kleinen Seufzer aus und hängt mir die Ornamenthose wie einen dressierten Python um den Hals. »Hammer, was hast du denn da Geiles?«, ruft sie dann und schnappt sich meinen Türkis. »Hast du den etwa von Leander gekriegt?«

Ich fühle das Magenpaket rumpeln. »Pah, von dem Doofmann doch nicht!«, sage ich schnell und pfeffere die ausgeleerte Jacke neben die Zimmertür.

»Was heißt denn hier plötzlich ›Doofmann‹?«, fragt Philine.

»Doofmann heißt Doofmann.« Die Hunde-Schmuddel-Hose fliegt hinterher. »Meinst du, deine Samthose passt mir überhaupt?«

»Äh ... Janni?«

»O, là, là die ist mir garantiert zu eng.« Ich setze mich mit einem Bums auf den Boden und mache spitze Füße.

»Jan-ne!«

»Kannst du mir mal verraten, wie du da reinpasst?«

Philine stampft um mich rum und baut sich vor mir auf. »Kannst *du* mir gefälligst mal verraten, was los ist?!«

Ich hebe vorsichtig den Kopf, und als mein Blick auf ihr liebes, sommersprossiges Gesicht trifft, reißt *ratsch!* die Paketschnur, und die ganze aufgestaute Traurigkeit schießt mir in die Augen. »Leander mag mich nicht«, flüstere ich. »Jedenfalls nicht – so.« Dann lasse ich mich hastig hintenüber fallen und winde mich in die Hose. »Hiiilfe, der Python verschlingt mich!«

»Boah, Janni, Mensch!« Philine stürzt sich auf mich, stößt ein gefährliches »Ssss« aus, und schon kullern wir über den Teppichboden und kreischen und kämpfen, bis ihre Mutter den Kopf durch die Tür steckt und fragt, ob wir nicht für fünf Pfennig Verstand hätten.

»Wir müssen gleich los«, drängelt sie so nervös, als müsste sie selbst ein Konzert geben.

Philine reicht mir seelenruhig

den Stein zurück. »Das mit Leander glaub ich nicht«, sagt sie und zupft ihre Bluse zurecht. »Der wär ja schön dumm.«

»Wenn's doch stimmt?!« Ich sammle meine schmutzigen Sachen auf, und während wir Arm in Arm zur Waschküche schlappen, erzähle ich Philine vom Tierheim. Aber das Bauchzwicken, das ich diesmal spüre, kommt nur von dem engen Hosenbund. Hat man die beste Freundin des Universums, ist alles andere nicht so schlimm.

10. Kapitel, in dem ich mich ein bisschen adoptieren lasse, Philine und Minu sich verteamen und Frau Brömer gar nichts schnallt

Während der Chor den *Schulhof-Boogie-Woogie* und all seine anderen Lieder vorsingt, sitzt Philine noch neben mir im Publikum. Aber als auf der Bühne die Notenständer für die Flötengruppe aufgebaut werden, verschwindet sie zu Minu in den Musikraum wegen einer Sache, die heißt Einspielen und ist sehr wichtig. Da komme ich mir neben ihren Eltern beinah vor wie ein Adoptivkind. Mama, denke ich probehalber. Papa. Uuuh, fühlt sich das fremd an! Wo sie fast zwanzig Jahre älter sind, als ich es von Eltern so gewöhnt bin, und ich mich nicht mal traue, »Dorothee« und »Jochen« zu sagen.

»Na, gefällt's dir, Janne?«, fragt Philines Vater. Er hat einen Schlips umgebunden, den will er morgen garantiert nicht bei eBay einstellen, und in seinem Ehering spiegelt sich die Deckenbeleuchtung.

»Mhm.« Ich ziehe die Schultern hoch. »Philines Stück wird bestimmt am besten.«

Ihr Vater zwinkert mir zu. Dann will er was zu Minus Eltern sagen, die schräg vor ihm in der ersten Reihe sitzen, aber im nächsten Moment drängeln sich die Flötenkinder auf die Bühne, und er fängt als Allererster an zu klatschen. Ich lehne mich zurück und stelle mir vor, Leander würde doch noch kommen. »Ich hab's mir anders überlegt«, würde er sagen und sich auf Philines leeren Gangplatz setzen, und ich würde erwidern: »Verpiss dich, Doofmann!«, und er: »Es tut mir so leid«, und ich: »Das fällt dir ja früh ein«, aber dann würde er mich ganz lieb angucken und ich würde seine Hand nehmen, und wir wären für immer und ewig ... Auweia, was für'n Schmus! Irgendwie machen mich Konzerte schrecklich müde.

Doch als die Flötis beim allerletzten Stück angekommen sind und ich Philine und Minu in der Aulatür entdecke, rutsche ich hellwach auf die Stuhlkante. Minu hat ja genau die gleiche Bluse an wie Philine! Voll der Partnerlook! Und nachdem sich die beiden an ihren Instrumenten zurechtgesetzt haben, gucken sie sich so eingeschworen an, dass

mir das Herz bis in die Haarspitzen pocht. Dann legen sie los mit ihrer *Sonatine*, und durch die Zuschauerreihen wandert ein Tuscheln. Mir wird es ganz komisch. Natürlich hab ich es vorher gewusst. Ich hab gewusst, wie obergut die beiden spielen und wie dolle sie sich auf diesen Abend vorbereitet haben. Aber kapiert hab ich gar nichts.

Beklommen starre ich nach vorne. Ein Team. Ein Musikprofi-Schulstar-Edelblusen-Team. Und es kommt mir vor, als würde ich zusammenschrumpfen. Da hilft leider auch nicht, dass diese Musik echt lauschig klingt und so weich und freundlich. Im Gegenteil. Am liebsten würde ich mir Kopfhörer einstöpseln und volle Lautstärke eine von Papas CDs-aus-der-wilden-Jugend aufdrehen! Na gut, ich weiß, man soll nicht neidisch sein. Philine gönne ich es ja auch, dass sie so was Kompliziertes kann und alle sie toll finden. Aber Minu? Der süßen, kleinen Pieps-Minu? Tut mir leid, so eine Super-Janne bin ich einfach nicht! Wenn ich ehrlich bin, wünsche ich mir sogar fast, sie würde mal ordentlich danebenhauen auf ihrem blöden Klavier oder an einer ganz leisen Stelle einen Furz ablassen oder sonst irgendwas, damit Philine nie wieder mit ihr zusammen auftreten will. Aber die *Sonatine* geht ohne Pannen zu Ende und schließlich ist auch der Applaus vorbei, obwohl sich Philine und Minu dreimal verbeugen müssen, dass Minus Rotkäppchenzöpfe nur so durch die Gegend zischen.

Ich warte noch ein paar lange Sekunden, in denen ich zum Glück den Türkis auf meiner Stuhlfläche liegen sehe, dann bahne ich mir einen Weg durch die Sitzreihen und flitze hinter den beiden her. Jetzt ist das Konzert vorbei, da hat sichs ja hoffentlich ausgeteamt.

»Ganz große Klasse«, sagt Frau Brömer gerade, als ich vorsichtig in den Musikraum lauere. »Ich bin wirklich stolz auf euch.«

Okay, okay, zuerst kommt natürlich noch die Loberei. Ich bleibe im Türspalt stehen und zupfe mir die Kneifhose aus dem Po.

»Können Sie auch sein.« Philine grinst frech und donnert ihren Cellokasten zu. »Wir sind uns beim Verbeugen nämlich keinmal auf die Füße gelatscht.« Dann flüstert Minu ihr was ins Ohr, und sie dreht sich überrascht um. »Ach, Janni! Ich hab dich gar nicht gesehen.«

»Gut gespielt«, murmle ich und schiebe mich ins Zimmer. Aber auf einmal fühle ich mich total fehl am Platz. Wo sich doch sogar die Mamas und Papas in der Aula gedulden, und das will bei Philines Mutter schon was heißen.

»Ist ja prima, dass du dir deine Freundinnen angehört hast, Janne«, sagt Frau Brömer.

»-din«, verbessere ich stumm. Nicht »-dinnen!«

»Und ich dachte, deine Eltern ... Na, da habe ich Herrn Hahnebuth wohl falsch verstanden.«

»Janne ist doch mit Voigts und uns da«, erklärt Minu und packt die Noten in ihre pinkfarbene Polly-Pocket-Mappe. »Ihre Eltern hatten schon was Besseres vor.«

Ich spüre, wie mein Gesicht anfängt zu glühen. Was Besseres vor, wie sich das anhört! »Sie mussten zu einer Hochzeit«, stelle ich klar.

Frau Brömer tippt sich an den Kopf. »Richtig, so war's.«

»Wir nehmen Janne auch mit ins Restaurant«, sagt Minu.

Oh, diese Schleimerin! Als wäre es ihr nicht tausendmal lieber, ich hätte mit in den Schwarzwald gemusst.

»Oh, wie schön!«, sagt Frau Brömer und lächelt zwischen Minu und mir hin und her. Manchmal haben Erwachsene so eine lange Leitung.

»Kommt, Leute«, sagt Philine da, schwingt sich den Cellokasten auf den Rücken und hakelt sich links bei Minu und rechts bei mir ein. »Ich könnte das ganze *Palazzo* leer fressen, solchen Hunger hab ich.«

11. Kapitel, in dem ich mit einem echten iPhone telefoniere, echte Muscheln esse und echt keinen Nerv mehr auf Minu habe

Als wir nach der großen Eltern-Töchter-Gratulations-Umarmung zum Parkplatz schlendern und ich in Philines knapper Steppjacke vor mich hin bibbere, nimmt Frau Voigt mich beiseite. »Deine Mutter hat gesimst, dass sie endlich angekommen sind«, sagt sie, holt ihr schickes iPhone aus der Handtasche und ruft die Handyfunktion auf. »Die Fahrt muss die reinste Rutschpartie gewesen sein. Möchtest du mal eben durchrufen?«

»Au ja!« Ich rubble mir sicherheitshalber die Finger an der Hose ab, und während die Verbindung aufgebaut wird, verkrieche ich mich mit dem Apparat in Voigts anthrazitfarbenen A8, den Philines Vater schon von Weitem mit dem Funkschlüssel entriegelt hat.

»Hallo, Mama?«, rufe ich.

»Janne!«, sagt Mama, und mich durchströmt ein brennendes Gefühl. »Na, Hummel, hast du Spaß?«

»Ja-a.« Ich denke an die Pythonschlacht und versuche, meine Stimme fest klingen zu lassen. »Und ihr? Liegt bei euch so richtig viel Schnee?«

Im selben Moment geht die rechte Hintertür auf, und Philines Vater deponiert eine dritte Sitzerhöhung auf der Rückbank.

»Wie im tiefsten Winter«, seufzt Mama. »Emil ist völlig überkandidelt. Aber jetzt erzähl mal! Wie war denn das Konzert?«

Krabbel, krabbel, krabbel, da arbeitet sich Minu zum Mittelplatz durch und schnallt sich an. Minu!

»Oooch«, sage ich, »das war … super.«

»Und die Tierheimgruppe?«

»Also«, ich beobachte unruhig, wie Philine sich auf ihren Stammplatz rechts außen plumpsen lässt und sofort leise auf Minu einquasselt, »ganz gut so weit.«

»Ich merk schon, du hast gar keine Zeit, mit deiner alten Mutter zu telefonieren«, sagt Mama lachend. »Fühl dich nicht verpflichtet anzurufen, o.k.? Nur, wenn dir danach ist.«

»Ja, nein, ich …«

»Küsschen!«, sagt Mama noch. Dann ist die Verbindung weg.

Etwas verdattert starre ich das iPhone an, und weil Philines Eltern nun auch einsteigen, gebe ich es schnell zurück.

»Minu fährt bei uns mit«, verkündet Philine. Sehr ausgeteamt hört sich das leider nicht an. Und als der Motor anspringt, stützt sie sich auch noch halb auf Minus Schoß und winkt mich näher an sich ran. »Wir haben gerade verabredet, dass wir uns genau das Gleiche bestellen«, flüstert sie. »Irgendwas total Abgefahrenes. Machst du auch mit, Janni?«

»Was – Abgefahrenes?« Ich denke an *Enzo's*, wo ich jedes Mal Pizza Margherita esse, und nicke unsicher. Ohne mich sollen die zwei jedenfalls nicht ihren Spaß haben.

Philine grinst mich an. »Topp«, sagt sie.

»Topp«, piepst Minu.

»Topp«, murmle ich.

Kaum haben wir das *Palazzo* betreten, ist mir klar, was Philine mit »Strafe« meinte. Ich stelle mir vor, wie ich aus Versehen ein Glas Cola auf das blitzsaubere Tischtuch verschütte und die braune Brühe auf meinen vornehmen Polsterstuhl runtersifft, und schaudere.

Aber Cola scheint man hier sowieso nicht zu trinken. Minus Vater bestellt ohne überhaupt mal zu fragen zwei große Flaschen San Pellegrino, das ist stinknormales Sprudelwasser, bloß in teuer, und für die Erwachsenen eine Karaffe Irgendwas-Rosso aus dem Weinkeller. Sonst sagt er übrigens nicht viel, dieser Papa, nicht mal zu Minus obermegahübscher Mutter. Bloß zum Telefonieren muss er sich direkt eine Runde zurückziehen, weil die Arbeit keinen Feierabend kennt, er bittet vielmals um Verzeihung. So ein Drögerich!

»Meine Damen«, flötet Philine schräg neben mir am Kopfende des Tisches. »Wie wäre es mit einem kleinen Antipasto? Ich empfehle –«, sie schlägt mit spitzen Fingern die Speisekarte auf, »feinste Cozze gratinate!«

»Was für 'ne Kotze?«, frage ich, und Philine kreischt so begeistert auf vor Lachen, dass ihre Mutter ganz streng zu ihr rüberguckt.

»Das sind Miesmuscheln«, flüstert Minu mir vom Platz gegenüber aus zu.

»War nur 'n Scherz«, brumme ich und beuge mich tief über mein Stielglas.

Philine blättert eifrig weiter. »Danach«, sagt sie und lacht blubbernd in sich hinein, »möchte ich Ihnen Tartufi nacchi vorschlagen!«

»Hä? Nackte Eisenbahn?«, frage ich nun schon ganz cool.

Ziemlicher Flachwitz, ich weiß, aber Philine ist

in so einer fipsigen Kicherstimmung, dass sie sofort nach Luft schnappt. »Ja-hahaha-wohl!«, stößt sie hervor. »Und zum Dessert ... eine erfrischende Gra-hahaha-nita.«

Nun ist es ganz einfach. »Was? 'ne Granate?«, rufe ich. »Mammamia, das ist ja lebensgefährlich hier!«

Philine windet sich und röchelt, und weil sich schon die Leute an den Nachbartischen zu uns umdrehen und ihre Mutter nun wirklich ein Schimpfgesicht aufsetzt, zieht sie Minu und mich einfach zu den Klos. Dort richten wir uns im Vorraum mit den Marmorwaschbecken ein, und während wir warten, dass Philines Lachkoller abklingt, werfe ich Minu im Spiegel einen triumphierenden Blick zu. Ich kann vielleicht nicht Klavier spielen, aber ha!, im Blöde-Witze-Reißen steche ich sie locker aus.

Allerdings, als das Essen serviert wird, vergeht mir das Rumalbern ziemlich schnell. Nicht nur, dass diese dämlichen Miesmuscheln echt schwierig zu essen sind und ich heimlich bei Minu abgucken muss, wie man eine leere Schale als Muschelfleisch-Rauszupf-Zange benutzt. Nein, sie schmecken auch total eklig, und ich muss sie mit so viel San Pellegrino runterspülen, dass Philines Mutter mich richtig besorgt fragt, ob ich etwa unter einer Meeresfrüchteallergie leide.

Mit dem Hauptgericht läuft es nicht viel besser. Die Eisenbahn entpuppt sich als merkwürdig gummiartige Pilze, die beim Draufbeißen quietschen, und als Minu erklärt, Tartufi sind nichts anderes als Trüffel und werden von Schweinen aus der Erde gewühlt, oink-oink, und Philine das dummerweise auch zum Ablachen findet, will ich einfach nur noch weg hier. Weg von diesem komplizierten Feine-Leute-Essen und weg von diesem Weib, das dauernd darauf aus ist, mir meine beste Freundin abzulisten. Der einzige Trost ist der Nachtisch, weil, diese Granita ist eine Art Slush-Ice, nur leider eine mikroskopisch kleine Portion und auch nicht so schön knallig bunt wie aus dem Automat.

Dann ist es geschafft. Uff!

»Alle satt geworden?«, fragt Philines Vater.

Philine und ich gucken uns an, und ich wette, es durchfährt uns haargenau derselbe Glücksgedanke: nämlich der an unser ultimatives Kiosk-Übernachtungs-Süßkramlager.

12. Kapitel, in dem Philine bei der Gruselparty schlappmacht, aber Trinchen die Stellung hält

Allerdings wäre Cola doch nicht so schlecht gewesen. Als wir nämlich wieder im Auto sitzen (ohne Minu!), durch die schwarze Herbstnacht brummen und uns die warme Heizungsluft ins Gesicht bläst, muss Philine plötzlich furchtbar gähnen.

»Anstrengender Abend«, sagt sie entschuldigend.

Ich hole meinen Türkis hervor und berühre ihre Stirn damit. »Bleib wach, bleib wach!«, raune ich mit tiefer Medizinmannstimme. »Du weißt doch: ›Nachts, wenn alles schläft‹ ...« Und ich forme mit den Händen einen Kreis, um sie an unsere Grusel-CD-Session zu erinnern. Aber ich merke schon, es ist nicht viel zu machen. Philine nickt mir zwar verschwörerisch zu, doch sie gähnt in einem fort weiter, und nachdem wir ausgestiegen sind und direkt durch den Garagenzugang ins Haus schlurfen, stolpert sie ganz dösig über die Schwelle.

»Jetzt aber sofort die Zähne putzen!«, sagt Philines Mutter und befördert das arme Trinchen, das schon sehnsüchtig auf uns gewartet hat, einfach für ein schnelles Abendpipi in den Garten. »Jooochen, trägst du mal eben das Gästebett ins Kinderzimmer?!« Dann dreht sie sich auf dem Absatz um. »Magst du lieber einen glatten oder einen Flanellbezug?«

»Was?«, frage ich verblüfft. »Äh, mir egal«, und einen Moment später hat Philines Mutter Trinchen schon wieder ins Haus gelassen und rauscht geschäftig die Treppe hoch.

Sofort hocke ich mich hin und schlinge die Arme um die Dackelin, die sich schon schwer beleidigt in ihr Körbchen verdrücken will. »He, Süße, heute schläfst du doch bei uns!«

»Komm, Janni«, sagt Philine da und reibt sich fröstelnd über die dünnen Blusenärmel. »Trinchen können wir erst in mein Zimmer lassen, wenn Mama und Papa ins Bett gegangen sind.«

Und ich glaube, Philine gibt sich alle Mühe. Nachdem ihre Eltern uns Gute Nacht gesagt haben, holt sie gleich ihre Einkäufe aus dem Minisafe, auf den

Emil so scharf ist: eine Maxitüte Englisches Weingummi, eine Packung Nougatmandeln und eine Tafel Weiße Crispy. Dagegen sind meine paar Schaumerdbeeren und Saure Pommes natürlich etwas mickrig, aber immerhin hab ich ja noch die CD besorgt, die schiebt Philine nun auch entschieden in die Anlage.

»Jetzt steigt die Schockerparty«, sagt sie, gegen einen neuen Gähner ankämpfend, und schließt ihre Kopfhörer an. Ein Ohrnöppel für sie, ein Ohrnöppel für mich. Dann schlüpft sie mit der Fernbedienung unter ihre Decke zurück und knipst das Licht aus. »Das mit deinem Gelockten kann ich einfach nicht fassen«, sagt sie noch, bevor sie auf Play drückt. »Der war doch immer so herzig zu dir!«

Im nächsten Moment geht die Geschichte los und ist von Anfang an echt gut. Aber als es zum ersten Mal richtig spannend wird und ich nach Philines Hand taste, liegt die schon ganz schlaff neben der Fernbedienung auf dem Kopfkissen. Eingepennt! Sofort ziehe ich uns die Stöpsel aus den Ohren und schalte den CD-Player aus. Allein geht Gruselkram so gar nicht, und zur Ablenkung muss ich schnell ein paar Stücke Schokolade mampfen. Doch kaum haben sich die unheimlichen Bilder aus meinem Kopf verzogen, kommen die anderen zurück. Die Ecke, hinter der unser Golf verschwindet. Leander halb versteckt im Gang. Minu in ihrer Philine-Bluse. Ich drehe mich von links nach rechts und von rechts nach links und horche auf die fremden Nachtgeräusche. Erst leise Musik und Stimmen von unten, irgendwann Schritte auf der Treppe und schließlich das Klappen der Schlafzimmertür. Noch laaangsam bis hundert zählen ... jetzt oder nie! Meine nackten Füße fliegen fast geräuschlos über den Flauschteppich, aber mein Herz wummert so laut, dass es eigentlich die ganze Welt hören müsste. Und als ich vorsichtig den Dimmerschalter im Wohnzimmer andrehe, blinzelt Trinchen mir schon mit ihren treuen Omaaugen entgegen. »Ich hab doch gesagt, heute Nacht musst du nicht alleine schlafen«, sage ich und hebe sie sanft aus ihrem Korb.

Zwei Minuten später habe ich die Dackelin in mein Gästebett verfrachtet und kuschle mich eng an sie. »Morgen«, flüstere ich ihr ins Ohr. »Morgen wird es besser, oder?«

Als Antwort schleckt Trinchen mir mit ihrer weichen Zunge über den Hals, genau da, wo Laila mich am Nachmittag erwischt hat. Hunde sind doch die besten Menschen!

13. Kapitel, in dem ungebetener Besuch aufkreuzt und es so dicke kommt, dass ich die Kurve kratze

»Mama und ich möchten uns heute mal auf der Möbelmesse umschauen«, sagt Philines Vater hinter seiner Zeitung, als wir am nächsten Vormittag gemütlich brunchen, wie wir es zu Hause höchstens zu Ostern machen oder an Mamas Geburtstag, aber bestimmt nicht an einem stinknormalen Samstag.

»Mit uns?«, ruft Philine entsetzt und lässt ihre Gabel voll Rührei sinken. »Jetzt muss ich endlich mal nicht Cello üben, da latsch ich mir doch nicht die Füße platt und glotze doofe Stühle an.«

»Philine!«, sagt ihre Mutter streng. Dann schüttelt sie seufzend den Kopf. »Ihr müsst natürlich nicht mitkommen, das habe ich längst mit Jannes Mutter abgesprochen.«

»Ach sooo.« Philine führt vor Erleichterung einen kleinen Sitztanz auf. »Geili!«

»Solange ihr euch hier gut benehmt«, fügt ihre Mutter hinzu und wirft ihr einen langen Blick zu. Bestimmt hat sie Angst, ich könnte Philine zu irgendeinem Mist anstiften. Das glauben die Leute ja immer gern. Und, na ja, heute Morgen hat sie dummerweise ganz früh ins Kinderzimmer gelugt und spitzgekriegt, wo Trinchen übernachtet hat. Das kam natürlich nicht so gut.

In dem Moment klingelt es an der Tür und Philines Vater faltet im Aufstehen die Zeitung zusammen. Mama und Papa lesen immer eine andere, und mich würde ja mal interessieren, wo da eigentlich die Unterschiede liegen. Aber um so was kann ich mich jetzt leider nicht kümmern. Wer nämlich kurz darauf hinter Herrn Voigt ins Esszimmer huscht, ist niemand anderes als Minu mit ihrer Polly-Pocket-Mappe.

»Entschuldigung«, sagt sie höflich, »ich wollte nur Philines Noten vorbeibringen, die hab ich gestern aus Versehen mit eingepackt.«

In mir fängt es an zu brodeln wie in einem Hexenkessel. Cleverer Trick, muss ich zugeben!

»Das ist aber nett von dir«, sagt Philines Mutter. »Setz dich doch und iss was mit uns! Du kannst auch gerne noch zum Spielen bleiben, wenn du Zeit hast.« Und sie sieht aus, als wäre sie hocherfreut, dass gerade noch rechtzeitig so ein wohlgeratenes Kind zu uns gestoßen ist.

»Ja, also ...« Minu guckt mit ihrem ach so unschuldigen Kleinmädchen-Blick in Philines und meine Richtung. »Wenn ich nicht störe?«

Ich verschränke die Arme und drücke beide Daumen. Jetzt muss wenigstens Philine dazwischengehen!

Aber die fällt leider voll auf Minus Getue rein. »Du störst doch nicht!«, ruft sie empört.

Energisch stupse ich ihr mit dem Knie gegen das Bein. Und als Philine nicht reagiert und ihr Vater schon ein Gedeck für Minu aus der Vitrine holt, stupse ich noch mal und noch mal.

»Was ist denn?«, fragt sie da fast ein bisschen ärgerlich.

»Ach, nichts«, brummle ich und beobachte, wie Frau Voigt Minu ein Glas O-Saft eingießt. Und als Minu »Danke, Dorothee!« sagt, wundere ich mich fast überhaupt nicht. In mir brodelt es nur und brodelt und brodelt.

Gegen Mittag brechen Philines Eltern zum Messegelände auf, und wir müssen als Allererstes mit Trinchen Gassi gehen. Das ist noch ganz okay, obwohl es nach zwei Minuten anfängt zu nieseln und Minu unbedingt noch mal umdrehen und einen Schirm holen will. Aber hinterher, als wir im Hobbykeller auf Philines cooler Turnbrücke Klettergerüstfangen spielen und Minu total übertrieben aufjammert, weil ich dabei ein winziges bisschen auf ihre Finger latsche – sockfuß wohlgemerkt und logisch nicht extra –, kriege ich zu viel.

»Warum setzt du dich nicht hin und spielst Klavier?«, motze ich sie an. »Wenn du dir für alles andere zu schade bist.«

»Bin ich mir ja gar nicht.« Sie macht so ein bedröppeltes Gesicht, diese alte Schauspielerin, dass Philine mir einen Vogel zeigt. Philine – mir!

»Ist doch wahr«, knurre ich und sammle meinen Türkis von der Turnmatte auf. »Auf Fangen hab ich jetzt jedenfalls keinen Bock mehr.«

Also gehen wir ins Kinderzimmer hoch und Trinchen wackelt auf mein Rufen hin ganz süß hinterdrein. Aber Minu muss natürlich direkt weitermachen.

»Wir können ja vielleicht Hundesalon spielen«, piepst sie und schielt ganz komisch zu mir rüber. »Falls Janne dazu mehr Lust hat.« Die will mich wohl vereiern!

»Trinchen ist doch keine Puppe«, gebe ich unfreundlich zurück. Eigentlich soll man sich ja nicht ärgern lassen, aber was Hunde angeht, bin ich echt empfindlich. »Die lässt sich keine albernen Zöpfe flechten.«

Minu senkt den Kopf und schlackert mit der Unterlippe.

»Mensch, Janni, was soll der Scheiß?«, ruft Philine da. »Du bist voll gemein!«

»Ich? Gemein?« Meine Haut kribbelt, als wäre ich in Brennnesseln gefallen. Philine muss doch merken, was hier abgeht. »Überleg mal, *wer* die ganze Zeit gemein ist!« Und bevor noch jemand einen Mucks machen kann, stampfe ich ins Bad und schließe mich ein. Erstens, weil ich vor lauter Aufregung dringend pullern muss. Und zweitens, damit Philine Minu endlich rausschmeißt. Genau das muss sie jetzt nämlich tun, wenn ich wirklich ihre beste Freundin bin!

Nachdem ich die Spülung gedrückt habe, setze

ich mich auf den Klodeckel und warte eine halbe Ewigkeit, aber im Treppenhaus bleibt alles still. Nervös beiße ich auf meinen Innenwangen rum. Womöglich freut Philine sich noch, dass ich mich verkrümelt hab? Weil sie längst selber glaubt, Minu passt besser zu ihr als ich? Und weil ich das vorher nur nie wahrhaben wollte? Leise, leise drehe ich den Schlüssel um und schleiche zu ihrem Zimmer zurück, darin hab ich ja schon Übung. Dann presse ich mich an die Wand und lausche.

»... einer aus der 4d«, kommt Philines Stimme durch den Türspalt. »Und Janne ...« Was *Und-Janne* kann ich leider nicht verstehen, aber mein Puls rast auch so los. 4d?

»Besser, ich ...«,

zischelt Minu, und ich spitze meine Ohren, dass ich das Blut in ihnen rauschen höre. »Sonst ist sie nachher noch …«

»Ach, Quark mit Soße!« Wieder Philine. Kichert sie etwa? »Wenn Janne nur ›Leander‹ hört …«

Das reicht. Die Hexensuppe kocht über.

»DU MIESE VERRÄTERIN!«, schreie ich, stoße die Tür auf und funkle Philine mit brennenden Augen an. »Erzähl deiner tollen Freundin doch, was du willst! Auch wenn du bei Sonne, Mond und Sternen geschworen hast zu schweigen. Ich geh sowieso, dann könnt ihr über mich lästern, so viel ihr wollt!« Den Rest erledigen meine Hände und Füße ganz automatisch: Rucksack schnappen, Treppe runter, in die Stiefel, tschüs!

14. Kapitel, in dem ich mich sehne und sehne und sehne

Obwohl ich keine Jacke anhabe, komme ich total verschwitzt zu Hause an. Ich hab Seitenstechen, so sehr bin ich gerannt, und eine furchtbare Sekunde lang weiß ich nicht, ob ich überhaupt meinen Schlüssel dabeihab. Aber dann fällt mir ein, wie ich ihn beim Packen in die Vordertasche vom Rucksack gestopft hab, und da finde ich ihn auch. Jetzt muss ich nur aufpassen, dass ich nicht Herrn Kutschenreuter in die Arme laufe. Weil, der wäre hundertpro misstrauisch, »Schau, schau! Dachte, sie wäre verreist?«, und würde mit einem einzigen bohrenden Blick Mamas Handynummer aus mir rausquetschen. Danach würde er sie informieren, »Bitte vielmals um Entschuldigung, aber entspricht es der Planung, dass die Tochter allein durchs Haus strolcht?«, Mama würde sich natürlich Sorgen machen und Voigts anrufen, und die kämen auf der

Stelle von ihrer blöden Möbelmesse angebraust. Herr Kutschenreuter würde mich ohne mit der Wimper zu zucken ausliefern, und dann ginge es hast-du-nicht-gesehen zurück zu Philine, dem Tratschmaul. Aber zu der will ich im ganzen Leben nicht mehr! Nee, nee, bevor jemand mitkriegt, dass ich abgehauen bin, muss ich mich gut verbarrikadieren.

Kribbelig stochere ich den Schlüssel ins Schloss, öffne die Haustür einen Spalt und linse nach drinnen. Alles ruhig? Alles ruhig. Keine wippenden Schritte. Kein Kutschenreuter-Gesicht. Auf Zehenspitzen husche ich die Treppen hoch. Bei Frau Jacobi läuft mal wieder der Fernseher, wahrscheinlich *Das Traumhotel* oder eine von ihren anderen Serien, bei Marc und Felix scheint keiner da zu sein, so still und dunkel ist es im Ersten, und bei uns ... Hhhhh, eine Stimme? PAPA? Kann das denn sein? Mein Herz klopft wie verrückt, bis ich kapiere. Bei uns hat das Telefon geklingelt, und der Anrufbeantworter mit Papas Hallöchen-hier-sind-Sonja-Alexander-Janne-und-Emil-Ansage ist angesprungen. Hat Philine mich etwa jetzt schon bei ihren Eltern verpetzt? Und die halten gerade vor dem Haus und

wollen, dass ich zu ihnen runterkomme? Eilig witsche ich die letzten Stufen hoch. Aufschließen, in die Wohnung schieben und Tür leeeiiise hinter mir zumachen. Anrufer unbekannt, hat keine Nachricht hinterlassen. Uff!

Aber dann stehe ich an die Telefonkommode gelehnt da, und Papa ist so weit weg, dass alles in mir wehtut. Mama auch, klar, und sogar Emil, der kleine Schlumpf.

»Fühl dich nicht verpflichtet anzurufen«, hallt es durch meinen Kopf. »Nur wenn dir danach ist.«

Und wie mir danach ist! Nichts würde ich lieber tun, als anzurufen und zu sagen, sie sollen sofort und auf der Stelle nach Hause kommen. Aber das geht ja nicht. Biancas Hochzeit ist jetzt bestimmt in vollem Gange, da können sie doch nicht einfach abzischen. Und ins Völkerkunde-Museum wollen sie morgen ja auch noch.

»Dann kann nämlich keiner kommen ...«

Weiß ich doch, Mama!

»Alt genug bist du ja ...«

Weiß ich doch, Papa! Aber ... weinen darf ich ja wohl trotzdem! Ich darf halb blind vor Tränen ins

Schlafzimmer stolpern, mich aufs duftige Elternbett schmeißen und Mamas ganzes Kopfkissen vollrotzen. Oh, wär ich doch bloß mitgefahren! Ich kann mir ganz genau vorstellen, wie ich mit Emil einen riesendicken Schneemann baue, während die Erwachsenen noch Sekt schlürfend in der Vorhalle vom Standesamt rumstehen, und wie wir Wetten darüber abschließen, ob Bräutigam Nummer drei es länger oder kürzer mit Bianca aushält als Nummer eins und Nummer zwei.

»Ich gewinne!«, sagt der Emil-hinter-meinem-Auge und schmettert mir einen Schneeball gegen den Bauch. »Ich hab den ganz genau abgecheckt. Spionage in Liebesangelegenheiten, du weißt schon!«

Und Papa, der auch mal kurz nach draußen flüchtet, um eine zu rauchen, bindet dem Schneemann seine Krawatte um und zischt: »Erzählt eurer Mutter, dieser eiskalte Gauner hier hat mir meinen Schlips abgeluchst, ja?«

Papa, oh, Papa, Papa, Papa! Die nächste Heulrunde geht in sein Kopfkissen. Niemals will ich einen anderen Vater haben, auch wenn er noch so ein fettes Auto fährt und freiwillig feine Anzüge trägt und brav zu jeder Schulveranstaltung kommt. Und niemals will ich eine andere Mutter! Ich will auch kein vornehmes Haus und nicht mal eine klitzekleine Blockflöte, wenn ich nur mit Mama und Papa und Emil zusammen sein kann. Höchstens einen Hund ... ach, ich bin ja schon still. Still. Ja, wirklich. Nur einmal schniefe ich noch ins Kissen, dann sind meine Tränen aufgebraucht.

Ich rapple mich auf – und atme scharf ein.

Denn ohne dass ich was gemerkt habe, hat sich das schummrige Nieselgrau vor den Schlafzimmerfenstern in ein novemberdunkles Dämmergrau verwandelt, das taucht die Wohnung in so unheimliche Schatten, wie sie nur in Gruselgeschichten erlaubt sein dürften.

15. Kapitel, in dem es um gefährliche und ungefährliche Einbrecher geht, um Wunder und Zufälle und um Windhosen

Und dann klingelt schon wieder das Telefon!

Didadüdadi, didadüdadi, schrillt es mir durch Mark und Bein. Schnell strecke ich die Hand aus, um Mamas Leselampe anzuknipsen, aber dann lasse ich es doch. Das Schlafzimmer geht ja zur Straße raus, und diesmal stehen bestimmt Philines Eltern da unten und wollen mich rauslocken. Die sollen aber mal ruhig glauben, ich wäre ganz woanders!

»Hallöchen, hier sind Sonja, Alexander, Janne und Emil ...« Jajaja, du schneckenlahmer AB, und weiter? Ich presse Papas Kopfkissen fest an mich und horche.

Nichts weiter!

Es tutet nur wie immer, wenn jemand sofort auflegt. Ein Glück! Da braucht mir gar keine bescheuerte Gänsehaut über die Arme zu kriechen. Aber die Gänsehaut sieht das offenbar anders. Sie wird sogar noch huckeliger, als ich mich in den halbdunklen Flur traue und wieder »unbekannt« auf dem Display lese. Plötzlich entdecke ich nämlich, dass seit gestern Nachmittag schon acht namenlose Anrufe eingegangen sind. Das ist mir eben ja total durch die Lappen gegangen! Mit schweißkalten Fingern drücke ich mich durch unsere Nummernliste. »Voigt Festnetz«, finde ich einwandfrei abgespeichert, »Voigt mobil 1«, »Voigt mobil 2«, »Sonja Handy«, »Alexander Handy« und sogar den Anschluss von Minus Eltern, weil ihre Mutter seit dem letzten Schuljahr Elternvertreterin ist. Aber wer um alles in der Welt ruft dann ständig hier an?

Und mit einem Mal weiß ich es. Mir wird ganz übel.

Wahrscheinlich macht er sich Sorgen wegen der Einbruchgefahr.

Wie konnte ich das nur vergessen? Herr Kutschenreuter ist zwar ein griesgrämiger Meckermann, aber recht hat er ja trotzdem manchmal! In unser Haus zu kommen, ist wegen der kaputten Hintertür logisch nur ein Klacks, das haben bestimmt längst irgendwelche Einbrecher ausgekundschaftet. Und wenn die nur oft genug abchecken, ob die Wohnung im zweiten Stock übers Wochenende leersteht ... Telefonisch abchecken ...

In wilder Panik knipse ich alle Lampen an und stelle mich ans Küchenfenster. Hallo, ihr Finsterlinge dieser Welt, es ist jemand zu Hause, seht ihr? Da könnt ihr sofort wieder in eure Diebesnester abzischen!

Aber als ich in den Garten runterschiele, löst sich gerade ein schwarzer Schatten aus dem Dunkel des Fahrradunterstands und nähert sich der Hintertür. In noch wilderer Panik schalte ich die Lampen wieder aus, aus, aus und aus. In der Küche, im Bad, im Wohn-, Schlaf-, Kinder-, Arbeitszimmer. Einbrecher sind ja nicht blöd! Die lassen sich doch nicht von ei-

nem mutterseeleneinsamen Kind-im-Fenster vergraulen, 1,39 Meter groß und muckimäßig nicht gerade ein Arnold. Wenn die sich einmal vorgenommen haben, in unsere Wohnung einzusteigen, und ich bin ihnen dabei im Weg …

Da! Jetzt auch noch Schritte. Schleich-Schritte im Treppenhaus. Die bilde ich mir doch nicht ein! Fieberhaft quetsche ich mich hinter die abgewetzte Cord-Couch im Arbeitszimmer und mache mich so klein wie möglich. Aber erst als ich das schabende Geräusch an der Tür höre, fällt mir das Telefon ein – tausend Kilometer entfernt auf der Ladestation. »Mama«, wimmere ich. Jetzt würde ich sofort ihre Kurzwahl drücken, da wär mir Biancas Hochzeit piepegal. Doch jetzt ist es zu spät. Ich schließe die Augen, wühle meinen Türkis aus der Jeans und halte ihn ganz fest gedrückt. Wenigstens etwas Mamariges will ich spüren, wenn das Schreckliche kommt.

Ich weiß nicht, wie es funktioniert. Aber manchmal, wenn es ganz dicke kommt, passiert plötzlich ein Wunder. Vielleicht sind es auch nur komische Zufälle. Jedenfalls kann ich es

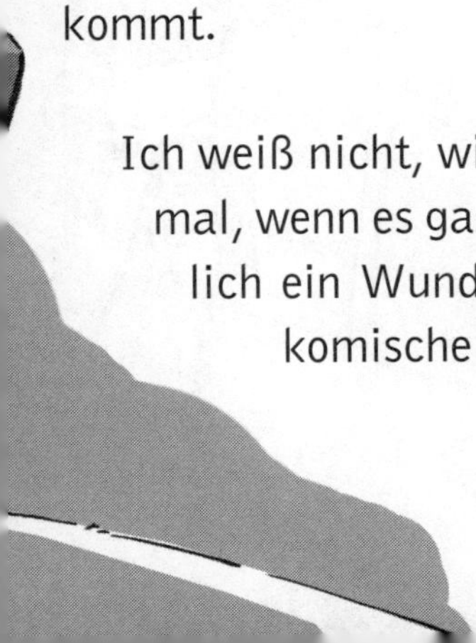

kaum fassen, als die Schabgeräusche aufhören und sich das Schrittgeschleiche wieder verzieht.

Ein paar kaugummilange Minuten bleibe ich noch in meinem Versteck hocken, um ganz sicherzugehen, dann hole ich mir Papas kleine Maglite aus der Schreibtischschublade und leuchte mir in den Flur zurück.

Und da liegt was. Direkt vor der Türritze. Zwei Zettel sind es. Der eine stammt von Philines Regenbogen-Briefblock, das erkenne ich sofort, der andere ist bloß ein Öko-Notizpapier mit einem krakeligen »Janne« vorne drauf. In meinem Kopf wirbeln die Gedanken durcheinander, als wären sie in eine Windhose geraten. Was soll jetzt DAS? Das Einzige, was ich kapiere, ist: Vor gefährlichen Einbrechern bin ich für diesmal doch verschont geblieben. Der Schattenschleicher war jemand ganz anderes. Jemand, der blond ist und sommersprossig und der früher mal meine

beste Freundin war. Ich hebe Philines Brief auf und lese:

Janni, Du dumme Ente!

Wie kannst Du nur so einen Stuss von mir denken? Ich über Dich lästern, Du tickst ja nicht ganz richtig! Kann ich was dafür, wenn Du Deine Verliebtenpost ausgerechnet in meinen Papierkorb schmeißen musst? Vielleicht solltest Du sie lieber mal lesen! Kann sein, dann wärst Du froh, dass Minu sie gefunden hat. Und mir gezeigt, damit ich sie Dir gebe. Sie hätte ja auch so tun können, als wüsste sie von nichts. Wo sie eh so Angst hatte, Du kriegst wieder alles in den falschen Hals. Haha, wie kommt sie bloß darauf?

Philine

Wahrscheinlich hat die Windhose mich jetzt ganz und gar erwischt, so taumelig fühle ich mich. Verliebtenpost! Vorsichtshalber setze ich mich auf den Boden. Dann hebe ich den zweiten Zettel auf, drehe ihn langsam um und lese.

16. Kapitel, in dem sich eine Aus-und-vorbei-Feindin als Vielleicht-ja-doch-noch-Freundin entpuppt und ein Liebesschnüffler als Liebeshelfer

Ich brauche eine ganze Weile, bis ich mich einigermaßen sortiert kriege. Aber dann fahre ich hoch und spähe durch den Spion ins dustere Treppenhaus. Natürlich ist es total unwahrscheinlich. Warum sollte eine warten, die ich »miese Verräterin« genannt hab und sie mich »dumme Ente«? Eine, die jetzt eine neue Beste-Freundin hat und mich eh nicht mehr braucht. Bloß, wenn sie sich schon die Mühe gemacht hat, herzukommen ... Unschlüssig knipse ich die Maglite aus, an, aus und wieder an. Dann schiebe ich mich aus der Tür.

»Janni?«, höre ich es sofort über mir zischen. »Ich dachte schon, du lässt mich hier verschmachten!« Und als ich durch den Schacht zwischen den Treppen leuchte, sehe ich, wie Philine sich ganz oben, wo niemand mehr wohnt und nur noch eine schwere Eisentür auf den Dachboden führt, übers Geländer beugt.

Einen Moment später steht sie vor mir, mit einem ängstlich zappelnden Trinchen auf dem Arm. »Reinlassen!«, kommandiert sie. »Sonst stirbt diese arme Oma hier den sicheren Herztod.« Aber sie sieht selbst ganz käsig um die Nase aus, und das liegt nicht nur am Taschenlampenlicht.

»Hat sich Herr Kutschenreuter blicken lassen?«, murmle ich, schlappe hinter ihr her in die Wohnung und hebe meinen Türkis auf, der einsam und verlassen vor der Türritze liegt. »Dieser Oberaufpasser aus dem dritten Stock, du weißt schon?!«

Philine marschiert ins Kinderzimmer, knipst Emils kleines Stockbetthöhlen-Schlummerlicht an und platziert Trinchen zur Erholung auf sein Kopfkissen. »Ja!«, sagt sie grimmig. »Der hat zweimal seinen Schädel aus der Wohnung gesteckt und gelauscht. Voll der Horror! Um ein Haar hätte ich mich in deinem Tipi verstecken müssen.«

Das Tipi! Ich nicke gedankenvoll. Mein Große-Schwester-Privat-Tipi, das ich eigenhändig auf dem Dachboden gebaut hab, als ich Trinchen mal heimlich für ein paar Tage hundesitten wollte, und in dem Philine und ich im Sommer bei jeder Gelegenheit gespielt haben. Aber dann hatte sie immer mehr mit dem Cello zu tun, und seit der Wind so herbstlich im Schornstein pfeift und das Bodengebälk diese tiefdunklen Schatten wirft, sind wir eh nur noch ab und zu für einen kleinen Gruselschauer hochgerannt. Eine ganze Weile stehe ich stumm da und erinnere mich, und am liebsten würde ich die Zeit zurückspulen. »Äh«, sage ich schließlich.

»Ja?«, fragt Philine auffordernd, und logisch, jetzt geht es um andere Dinge als unsere alten Janne-und-Philine-Spiele.

»Ich hatte gedacht ...«

»Du hattest gedacht! Das ist aber auch deine einzige Entschuldigung.«

Ich antworte nicht. Weil, ganz so einfach ist es auch wieder nicht.

Kann ja sein, Philine hat unseren Eid doch nicht gebrochen, und ich hab voll den Mist geredet. Aber freundinnenmäßig hat sie auch ganz schön rumgemurkst. »Weiß Minu, dass du hier bist?«, frage ich schließlich.

Philine kneift die Augen zusammen. »Nee, weiß

sie nicht! Sie wollte sich nicht einmischen und ist nach Hause gegangen. Freust du dich jetzt?«

Ich zucke die Achseln. Irgendwie weiß ich überhaupt nicht mehr so recht, was ich denken soll. Vielleicht liegt es ja daran, dass mir andauernd die andere Sache dazwischenfunkt. Die absolut unglaubliche Sache.

»Leander hat mir einen Brief geschrieben«, sage ich zögernd.

»Ach nee!« Philine verdreht die Augen. »Zufälligerweise habe ich gerade Postbotin gespielt, du Ködel!«

»Jaja, aber …«, mein Gesicht wird heiß, »kapierst du den?«

»Boah, ich hab ihn doch nicht gelesen!«, ruft Philine. »Als ich Leanders Namen gesehen hab, war ja eh alles klar.« Sie hält inne. »Das war's mir sowieso immer.« Und plötzlich lächelt sie mich so philinelieb an, dass es mich ganz sehnsüchtig durchströmt. Schnell, bevor ich es mir anders überlege, schiebe ich den ganzen Minu-Mist beiseite, wurstle den Notizzettel aus meiner Potasche, und als wir uns darüberbeugen, berühren sich unsere Köpfe ganz leicht.

> Liebe Janne!
>
> Zum Glück hast Du nicht auch gedacht, ich wär ein Mädchen. Ich bin nämlich keins! Und das mit dem Herzbild ist so schön! Willst Du mit mir zusammen sein? Ja oder nein?
>
> Dein Leander

»Ich hab dem gar kein … Bild gemalt«, sage ich und glühe nun ungefähr wie ein Heizpilz. »Ich hab auch null Ahnung, wo der Brief überhaupt herkommt. Vor der Tierheimgruppe hab ich Leander gar nicht mehr gesehen, und im Tierheim ist er ja die ganze Zeit nur vor mir weggerannt.«

»Hm.« Philine betrachtet den Zettel, befühlt einen krümeligen Tesa-Streifen, der halb lose am unteren Zettelrand baumelt, und schnuppert an ihren Fingern. »Riecht irgendwie nach – Hundekuchen?!«

Ich starre sie an. Dann klatsche ich mir gegen die Stirn.

Eigentlich ist es Ehrensache, dass ich nicht in Emils geheimen Akten wühle. Erst recht nicht zusammen mit einer Vielleicht-ja-doch-noch-Freundin. Aber wer sich in meinen allerprivatesten Privatkram einmischt, hat es nicht anders verdient.

»Da hast du dein Herz!« Philine streicht ein knitteriges Löschblatt glatt, das mir schwer bekannt vorkommt und das ich, wie ich mich jetzt erinnere, wahnsinnigerweise als Bruder-Abwurf-Munition benutzt hab. Ein paar schwierige Mathezahlen sind daraufgekritzelt, jede Menge verschiedene Hunde und in einer Ecke ... ja, also ... in einer Ecke gibt es eben noch ein Herz, in dem »Leander« steht.

»Und jetzt weißt du auch, *wer* ein Tratscher ist«,

sagt Philine. »Emil hat Leander gezeigt, was du hier so wunderhübsch verewigt hast.«

»Oooh, Kacke!« Ich denke an meine einsamen Such-Pausen am Donnerstag, in denen ES passiert sein muss, und schäme mich fast zu Tode. »Aber ich hab Emil doch klipp und klar gesagt, dass Leander ein Junge ist. Was soll dann schon wieder dieser Schwachsinn über Mädchen?«

»Das find ich allerdings auch komisch«, sagt Philine.

Da kippe ich Emils Box komplett aus und buchstabiere mich quer durch sein i-Dötzchen-Geschreibsel. Jede Menge Nervquatsch über seine zukünftigen Missionen für den SIKRIT SÖAWIS finde ich, aber dann wird es interessant:

WICHTICHE LIBES ANKELEGNHAITN

MAMA + PAPA. JANNE WIL DAS DI HAIRATN.
BIANGKA + NOIA MAN. LIPT EA SI IN ÄCHT?
JANNE + LEAMBER. LEAMBER SAGN JANNE
GLAUPT SI IS AIN JUNGE.
MAK + FELIKS. 2 GLAICHE DÖAFN HAIRATN.
HEA HANEBUT + FRAU BRÖMA. SINT FILAICHT
FALIPT.

»Huch! Herr Hahnebuth und Frau Brömer?«, kichert Philine.

Aber dafür hab ich gerade überhaupt keinen Sinn. »Leamber!«, fauche ich. »Kann Emil nicht wenigstens *ein* Wort richtig lesen, wenn er schon in meinen Sachen rumschnüffelt?« Und ich schnappe mir wieder mein Löschblatt. O.k., wenn man noch kein kleines d vom kleinen b unterscheiden kann … und wenn man nicht weiß, dass mein Janne-Spezial-n zwei wunderschön runde Bögen hat … *Seltener amerikanischer Mädchenname*, klingt es mir plötzlich in den Ohren. *Wie heißt das Mädchen mit dem obskuren Namen denn weiter?*

»Oh neiiin!« Ich trommle auf den Boden. »›Leamber‹ gibt's wirklich. Für Mädchen! Das musste Papa extra für Emil googeln. Darum hat Emil mir nicht geglaubt. Und darum hat er Leander angequatscht. Er dachte ehrlich, *ich* hätte mich vertan. Oh, dieser kleine …« Ich schnappe nach Luft.

»Immerhin hat er es geschafft, dass Leander dir einen Liebesbrief geschrieben hat«, stellt Philine fest.

»Pffff«, stoße ich die ganze Luft wieder aus. »Das stimmt natürlich. Und er hat den sogar für ihn in meine Jacke geschmuggelt. Aber ich hab ihn nicht gefunden, weil dabei der Hundekuchen abgefallen ist, den Leander für mich draufgeklebt hat, und ich dachte, der wäre schon die Überraschung. *Emils* Überraschung.«

»Und im Tierheim hat Leander die ganze Zeit gewartet und gebibbert, welche Antwort du ihm wohl gibst. Der musste ja denken, du willst plötzlich doch nix von ihm wissen.«

Ich sehe Leanders verschrecktes Gesicht vor mir und fühle mich wie die Elende der Elenden. »Und ich hab geglaubt, er geht mir aus dem Weg«, flüstere ich. »Oh Mann, ich hab ihn sogar mit seinem eigenen Hundekuchen geär...«

Vor Schreck beiße ich mir volle Lotte auf die Zunge. Irgendjemand macht sich am Türschloss zu schaffen!

17. Kapitel, in dem Trinchen kein Wachhund ist und Philine und ich keine tapferen Kämpfer, aber in dem wir trotzdem nicht abgemurkst werden

Zum Glück muss ich Philine, was Gruseliges angeht, nie groß was erklären. Uns trifft immer eine Art Janne-und-Philine-Geistes-Doppelblitz, ob etwas *schön* unheimlich ist oder *schlimm* unheimlich, und jetzt sieht man mal, wie nützlich das sein kann. »Der unbekannte Anrufer!«, stoße ich nur hervor, und obwohl Philine ja nicht wissen kann, was es damit auf sich hat, stürzt sie los und knipst das Schlummerlicht aus. Im nächsten Moment hocken wir samt dem total verschreckten Trinchen in Emils Geheimzentralennische und horchen atemlos auf das Aufschnappen der Wohnungstür. Darf es so was Furchtbares überhaupt geben?

»Es sind zwei«, haucht Philine mir ins Ohr. »Mindestens.«

Ich beiße in meinen Sweatshirtärmel, um nicht

laut zu schreien. Ja, es sind zwei. Genauer gesagt: zwei Männer. Die schleifenden Leder- neben den saugenden Gummisohlenschritten und die tief-flüsterigen Stimmen sind eindeutig. Gegen einen Gangster allein hätten wir vielleicht noch eine klitzekleine Chance gehabt. Aber so sind wir rettungslos verloren. Zweimal groß und stark gegen zweimal klein und schwach ist einfach zu unfair.

Die Einbrecher kommen immer näher, und die Angst umklammert mich wie ein Python. Geht vorbei, geht vorbei!, flehe ich. Meinetwegen könnt ihr Papas Computer klauen, die Hi-Fi-Anlage und die goldenen Ohrringe von Uroma Irmgard, wenn ihr nur einen großen Bogen um das Kinderzimmer macht!

Allerdings scheinen die Einbrecher ihre Sache gründlicher anzugehen, als mir lieb ist. Bestimmt haben diese hinterhältigen Kerle längst Lunte gerochen, dass sie beobachtet werden, und wollen alle Zeugen aus dem Weg schaffen, bevor sie die Bude ausräumen. Jedenfalls bleiben sie direkt vor der halb offenen Zimmertür stehen und tuscheln miteinander.

»Los, Trinchen!«, zischt Philine und drückt verzweifelt gegen den Dackelpo. »Vertreib sie!«

Doch Trinchen denkt gar nicht daran, auf Gangsterjagd zu gehen. Laila, ja, die wäre jetzt sofort auf Zack, so gut wie Frau Reinke sie abgerichtet hat. Alle Eindringlinge der Welt würde sie in die Flucht schlagen. Aber Laila ist natürlich auch noch viel jünger und fitter. Trinchen, die alte Lady, taugt einfach nicht mehr als Wachhund, da kann Philine an ihr rumschieben, so viel sie will. Sie presst sich nur furchtsam an mich, und als die Einbrecher wie auf Kommando ins Kinderzimmer platzen und die Deckenlampe anschalten, jault sie laut und kläglich auf. Ich kneife die Augen zusammen und kralle mich an Philine fest. Entschuldigung, du liebste Freundin, die ich jemals hatte! Entschuldigung, dass ich dich als Verräterin beschuldigt hab. Entschuldigung für alles, alles in dieser Stunde der Gefahr!

»Gott, habt ihr uns erschreckt, Mädels«, sagt Marc, nachdem wir aus unserem Versteck gekrochen sind und Felix und er uns eine ganze Weile ungläubig angestarrt haben. »Gott, habt ihr – uns – erschreckt!«

»Ihr uns erst«, murmle ich, und würde Trinchen nicht die ganze Zeit jammervoll vor sich hinwinseln, könnte man gut hören, wie zittrig meine Stimme

FBI HQ

noch ist. »Wir haben gedacht, ihr wärt Einbrecher!«

Felix lacht auf. »Was glaubt ihr, was wir von euch dachten?! Der Kutschenreuter macht uns schon alle ganz irre mit seinen übertriebenen Sorgen.« Dann klappt er sich wie ein Taschenmesser zusammen, um der Dackelin über den Kopf zu streicheln. »Jetzt wein doch nicht mehr, Hundchen! Wir tun doch nix.«

Aber Trinchen weicht fiepend zurück, und da meint Marc, auf den Schock brauchen wir wohl alle erst mal ein Prösterchen. Also gehen wir zu ihm und Felix runter, und ein paar Minuten später stehen wir an der Küchenbar und trinken Pampelmusensaft, den Marc mit dem elektrischen Entsafter gepresst hat. Erwachsene mit Schuss, Kinder und Hunde ohne. Und als Felix Trinchen auch noch einen Zipfel Salami aus dem Kühlschrank spendiert, hört die Dackelin endlich mit ihrem Heulkonzert auf und macht es sich zwischen Philines und meinen Füßen bequem.

Da merke ich, dass sich das letzte bisschen Angst in mir auflöst wie ein Eiswürfel in heißer Nudelsuppe. »Habt ihr echt gedacht, wir wären Einbrecher?«, frage ich verlegen.

»Allerdings«, sagt Marc. »Da hau ich mich eine Runde aufs Sofa und penne, weil ich gestern Abend so lange gearbeitet habe, und als ich aufwache, hör ich Schritte und so ein komisches Bollern über meinem Kopf. Ups, denk ich, Sonja, Alexander und die Kids sind doch verreist?!« Er streicht sich die Stirnhaare aus dem Gesicht und guckt mich leicht irritiert an, aber dann erzählt er weiter: »Im selben Moment kommt Felix nach Hause und erzählt, er hätte einen mysteriösen Lichtschein in eurer Wohnung gesehen.«

Felix nickt zustimmend. »So einen matten Schimmer!« Er zwinkert mir zu. »Bis dahin hatten wir das ja alles für Humbug gehalten mit der angeblichen Einbruchgefahr. Aber plötzlich hatten wir das Gefühl, wir müssten dringend mal nach dem Rechten sehen.«

»Ich bin ja auch gewissermaßen eingebrochen«, verkündet Philine. »Zumindest durch die schrottige Hintertür. Und Janni«, sie schielt zu mir rüber, »die war auch eher … unangemeldet hier.« Dann stellt sie ihr Glas mit einem kleinen Klirren auf dem Bartresen ab, stemmt die Hände in die Hüften und guckt mit festem Blick zu Marc und Felix hoch.

»Aber ihr beiden Bürschchen erscheint mir auch nicht ganz so sauber, wie ihr tut! Habt ihr eigentlich einen Dietrich, oder wie habt ihr das Wohnungsschloss geknackt?«

Marc und Felix machen verblüffte Gesichter. »Ähm, Janne«, sagt Marc und zuppelt schon wieder an seinen Haaren rum, »Sonja und Alexander haben dir doch sicher erzählt, dass wir jetzt endlich einen Zweitschlüssel von eurer Wohnung haben? Falls sie sich mal wieder verspäten und überhaupt – für alle Fälle?«

»Nööö.« Ich betrachte den Schlüssel, den Felix vor meiner Nase hin- und herbaumeln lässt, und denke nach. »Und euch haben sie wahrscheinlich auch vergessen zu sagen, dass ich gar nicht mit in den Schwarzwald fahre? Kann das sein?«

Philine stöhnt laut auf. »Janni«, ruft sie, »du hast echt die chaotischsten Eltern der Welt!«

18. Kapitel, in dem es um Raumgestaltung geht, um geheime Schlimmstreitereien und darum, dass es ohne Hundesalon funktionieren könnte

»Holla, die Waldfee!«, staunt Felix, als wir um die Ecke biegen und Voigts Haus so vornehm von den versteckten Minischeinwerfern angestrahlt wird.

Philine drückt aufgeregt meine Hand, und auch mir ist es ganz mulmig im Bauch. So gemütlich es auch bei Marc und Felix war, irgendwann musste sie ja kommen, die Frage, wo ich denn nun eigentlich übers Wochenende hingehöre.

»Sie wohnt solange bei uns«, hat Philine gesagt und mich nicht angeguckt dabei. »Stimmt doch, Janni?«

»Wo denn sonst«, hab ich gemurmelt, und ein Schauer ist mir über den Rücken gekrochen. Als könnte ich wirklich noch mal auf den hohlhirnigen Gedanken kommen, allein in unserer Wohnung zu übernachten und womöglich noch mehr komische

Anrufe zu bekommen, von wem auch immer! »Philine und ich und Trinchen, wir, äh, wir sind hier nur mal zwischendurch 'ne Runde ... eingebrochen. In die sturmfreie Bude und so. Müsst ihr Mama und Papa ja nicht unbedingt weitererzählen, oder?«

Marc hat mir über den Kopf gestrubbelt und gemeint, von ihm aus könnten wir gerne sämtliche Einbrüche des Abends für uns behalten. »Aber deine Eltern wissen doch hoffentlich, wo ihr steckt?«, hat er sich an Philine gewandt. »Oder eher nicht?« Und das war ja nun mehr als peinlich.

»Nicht so *genau*«, hat Philine geantwortet.

Marc hat geseufzt und Felix hat ganz hustig gelacht. Dann haben sie ihre Jacken von der Garderobe genommen, und, als sie kapiert haben, dass ich meine nicht dabeihatte, auch noch eine riesenschlabberige für mich.

»Abmarsch, Mädels!«, hat Felix feierlich gesagt. »Wir geleiten euch durch die Gefahren der Finsternis.«

Philine und ich haben uns angeguckt, und plötzlich war klar: Das setzt was. Auch so ein Gedanken-Doppelblitz.

Und leider liegen wir damit nicht falsch.

»Jetzt haben wir uns aber wirklich Sorgen gemacht!«, schimpft Philines Mutter los, noch während sie uns an sich drückt. »Vor allem, weil wir am Telefon erfahren haben, dass Minu längst zu Hause ist. Es ist stockdunkel! Wisst ihr eigentlich, was da alles passieren kann? Papa wollte euch gerade schon suchen gehen.«

»Wir waren ja nur 'n bisschen … unterwegs«, sagt Philine. »Und Trinchen war ja auch dabei.«

»›Nur 'n bisschen unterwegs‹«, ruft Herr Voigt ziemlich fuchsig. »Nicht mal einen Zettel hast du hinterlassen, Philine!« Dann reißt er sich zusammen und wendet sich an Marc und Felix. »Sie, ähm?« Er räuspert sich und mustert die beiden von oben bis unten.

»Wir sind Freunde von Jannes Eltern«, sagt Marc und streckt ihm schnell die Hand entgegen.

»Wir haben die Mädchen zufällig getroffen und nach Hause begleitet«, fügt Felix hinzu.

»Dabei haben wir gehört, Sie waren auf der Möbelmesse?« Marc wirft einen interessierten Blick ins Haus. »Ich hab beruflich mit Raumgestaltung zu tun.« Und schon hat er Herrn Voigt um den Finger gewickelt. Ich sag ja, Marc und Felix sind einfach super!

Aber eine Sache muss ich noch klären, und die ist ziemlich unangenehm. »Frau Vo-hoigt«, murmle ich, als Philines Vater die beiden noch auf einen Cognac ins Wohnzimmer gebeten hat. Na, wenn die heute mal keinen Schwips kriegen! »Das war alles meine Schuld, nicht Philines. Ich wollte als Erste … weggehen.«

»Ach, Janne!«, seufzt Philines Mutter und legt mir die Hände auf die Schultern. »Im Unfugmachen nehmt *ihr* beiden euch überhaupt nichts, da bist du wirklich wie eine zweite Tochter!« Sie drückt sanft mein Kinn hoch, damit sie mir ins Gesicht gucken kann, und lächelt ganz merkwürdig. »Aber ich frage mich, warum du dich so schwer damit tust, Dorothee zu mir zu sagen. Ausgerechnet du!«

»Ich ...«, sage ich. »Oh.«

Nach dem verspäteten Abendessen müssen Philine und ich sofort ins Bett, aber wir beschweren uns fast überhaupt nicht. Gibt es schließlich was Besseres, als zusammen zu übernachten?

»Du, Janni«, sagt Philine, als wir uns gemütlich eingekuschelt haben. »Noch mal wegen Minu.«

In mir fängt es an zu kribbeln. Nun hab ich Minu wirklich in die allerhinterste Ecke meines Hirns verbannt, und sooo gern hole ich sie da gar nicht wieder raus. »Mhm?«

»Kann es sein, dass du manchmal gedacht hast«, Philine lutscht nachdenklich den Zucker von einer Sauren Pommes, »... sie wäre mir irgendwie wichtiger als du?«

Sofort steigt ein Kloß in meinem Hals hoch. Als würde es für heute nicht mal reichen damit! »Würdest du das etwa nicht denken?«, frage ich ganz fiepsig, weil nur so wenig Stimm-Luft durch meinen Hals passt. »Wo ihr zwei euch dauernd trefft? Und so noble Sachen zusammen macht? Und alle euch bewundern?«

»Aber das hat doch nichts mit uns beiden zu tun!«, ruft Philine. »Ich bin doch auch nicht beleidigt, weil du Leander so gern magst. Und mit ihm

in diese saucoole Tierheimgruppe gehst! Und so megaprofimäßig mit Hunden umgehen kannst.«

Vor lauter Verblüffung flutscht der Kloß wieder abwärts. Auf die Idee, *Philine* könnte auf irgendwas von mir eifersüchtig sein, bin ich echt noch nie gekommen.

»Außerdem finde ich Minu einfach so nett«, fährt sie fort. »Nicht wegen dem Klavier. Und sie findet uns nett. Dich und mich, kapierst du? Die würde sich gerne mit uns anfreunden und manchmal bei uns mitspielen. Aber du wirst dann ja immer sofort stinkig!« Philine zieht die Nase hoch. »Das ist voll schwierig für mich. Im *Palazzo* zum Beispiel, was ich da für eine alberne Show abziehen musste, damit es keinen Krach gibt.«

»Das hab ich ja nicht ...«, murmle ich. »Also, ich ...«

»Und Janni!«, unterbricht mich Philine. »Du ahnst ja nicht, wie es bei Minu zu Hause ist. Ihre Eltern gucken sich mit dem Arsch nicht an! Und wenn doch, streiten sie sich ganz schlimm. Dann schreit ihre Mutter rum wie bekloppt und ihr Vater bleibt die nächste Nacht in seiner Kanzlei oder weiß der Geier wo, aber das darf natürlich keiner wissen.

Und Minu muss immer das brave, fleißige Superkind sein. Aber eigentlich ist sie gar nicht so! Die ist einfach nur froh, wenn es irgendwo ein bisschen lustig zugeht.«

Ziemlich lange liege ich da und weiß nicht, was ich sagen soll. »Die Arme«, flüstere ich schließlich. »Wir … wir können das ja vielleicht noch mal ausprobieren mit dem Zu-dritt-Spielen.« Ich überlege. »Aber nicht Hundesalon, solchen Döskram spiele ich im lieben langen Leben nicht!«

Philine dreht sich auf die Seite und guckt mich auf so eine spezielle Art an, die heißt bei uns: Bei Sonne, Mond und Sternen beste Freundinnen. »Ich hätte dir das alles viel eher erzählen sollen«, sagt sie. »Ich Dussel!« Dann setzt sie sich mit einem Ruck in ihrem Bett auf. »Halleluja, wir müssen ja noch deine CD hören! Uns ein bisschen gruselschocken und so.«

Ich muss grinsen. Gegen was Schön-Unheimliches hab ich auch nichts einzuwenden. »Aber erst holen wir uns Trinchen hoch«, sage ich und schnappe mir eine Schaumerdbeere. »Ich glaub, deine Eltern sind schon im Schlafzimmer.«

»Glaub auch.« Philine schwingt sich aus dem

Bett und schleicht zur Tür. »Ich guck mal, ob die Luft …« Da kommt Trinchen auch schon ins Kinderzimmer gewuselt und macht einen angestrengten Oma-Hopser auf mein Gästebett.

»Hundeprofi, du!«, grummelt Philine. »Sogar meine eigene Dackelin hast du bezirzt.« Dann reicht sie mir einen Ohrstöpsel an.

19. Kapitel, in dem zwar keine gute Fee aufkreuzt, aber trotzdem alles ganz wunderherrlich kommt

»O.k., Mittwoch Nachmittag bei mir.« Ich lege das Telefon auf den Kickertisch und schwinge mich aufs Trapez, das links von Philines Kletterbrücke baumelt. Eigentlich war der Danke-fürs-Briefretten-und-vielleicht-können-wir-ja-mal-Anruf bei Minu gar nicht sooo stressig, wie ich es mir vorher ausgemalt hab. Ich an ihrer Stelle wäre ja ziemlich giftig gewesen, aber sie war es nicht die Bohne. Total happy war sie sogar, genau wie Philine es gestern Abend gesagt hat. Trotzdem muss ich jetzt erst mal eine Abreg-Schaukelrunde einlegen. Oder vielleicht: eben drum.

Philine allerdings, die die ganze Zeit kopfüber an der Reckstange gehangen und zugehört hat, lässt sich sofort mit einem hochgefährlichen Umschwung auf die Turnmatte runter. »Supidupi!«, ruft sie und

stopft energisch ihr Unterhemd in die Hose. »Und jetzt antwortest du endlich dem armen Leander.«

Ich lege den Kopf in den Nacken und nehme kräftig Schwung, um Zeit zu schinden, doch natürlich hab ich keine Chance. Philine hält mich gnadenlos an den Füßen fest.

»Was soll ich dem denn bloß schreiben?«, frage ich ziemlich kläglich.

»Natürlich ›JA‹, Dummchen!«

»Aber ich weiß ja gar nicht, ob sein Brief überhaupt noch gilt. Wo ich doch … im Tierheim …«

»Dann frag ihn halt«, sagt Philine und reicht mir meinen wieder-mal-runtergefallenen Türkis an.

In mir fängt es an zu prickeln, als hätte sie mich an eine Batterie angeschlossen. »Meinst du etwa …?«

»Logisch. Du weißt doch wohl hoffentlich, wo er wohnt?«

Oh, am liebsten würde ich mich unter den Kicker hocken, die Finger in die Ohren bohren und auf eine gute Fee warten, die mir diese oberblamable Peinlichkeit erspart, *zauber, zauber, du bist erlöst*. Aber mit einer Freundin wie Philine komm ich damit eh nicht weit. Die würde nur sagen, nix da, Frau Fee, so funktioniert das nicht. Und das Schlimme ist: Sie hat ja recht! Bevor Emil heute Abend nach Hause kommt und wieder loslegt mit seinen Einmischereien, muss ich die Sache mit Leander unbedingt regeln. »Nur so ungefähr«, sage ich matt. »Aber die Adresse finden wir bestimmt im Telefonbuch.« Und plötzlich muss ich ein klitzekleines bisschen grinsen. »Er heißt schließlich nicht Meyer oder Müller oder Schmidt.«

Es ist ein großes, altes Mietshaus, fast noch ein bisschen schrabbeliger als unseres, mit Graffiti auf dem Putz und handgekritzelten Namensschildchen zwischen den gedruckten.

»Mach du«, brummle ich unter der Kapuze meines frisch gewaschenen Anoraks hervor und zeige auf die Klingel fürs Hinterhaus-dritter-Stock-rechts.

Philine lässt sich nicht lange bitten. »Aber rein musst du allein«, bestimmt sie, schmeißt sich beim Summton gegen die Durchgangstür und hält sie mir weit auf. »Ich geh solange ein bisschen mit Trinchen rum.«

Ich nicke. Dass sie mich nicht begleiten kann, ist mir schon klar. Mehr weiß ich allerdings nicht, als ich mich mit butterweichen Beinen ins Hinterhaus schleppe. Was ich sagen könnte, zum Beispiel. Oder wohin ich gucken soll.

»Leander?«, ruft mir da eine Frauenstimme entgegen. »Warte unten, ich helf dir mit dem Gepäck!«

»Das bin doch ich«, antworte ich, und meine Stimme klingt ungefähr so piepsig wie Minus immer. Aber ehe ich richtig kapiert hab, dass Leander anscheinend gar nicht zu Hause ist und ich am besten sofort verduften sollte, weil mich hier sowieso kein Mensch kennt, kommt mir eine Frau mit Lockenkopf entgegen. Mit sehr lockigem Lockenkopf. Mit leandermäßigem Lockenkopf.

»Ich dachte schon, mein Ex-Mann hätte ihn ausnahmsweise mit weniger als einer Stunde Verspätung abgeliefert«, sagt sie und rollt mit den Augen. »Hallo, ich bin übrigens Mirjam.«

»Äh, und ich Janne. Aus der Tierheimgruppe.«

»Ach, *du* bist das!« Mirjam mustert mich ausgiebig. »Tja, also, Leander ist leider noch nicht aus Berlin zurück. Aber er hat Freitag von unterwegs angerufen und mich gebeten, ihm deine Telefonnummer rauszusuchen.«

»Er hat ...?« Ich starre sie an. »Meine Nummer?« Oh, warum bin ich manchmal nur so schwer von Kapee!

»Ja, er wollte dringend mit dir sprechen, aber frag mich nicht, worum es geht. Möchtest du oben auf ihn warten?«

Ich denke an Philine, die im Regen rumlatscht, und seufze tief. »Geht nicht, leider.«

Da guckt Mirjam mich plötzlich auf so eine urliebe Art an, die ich ganz genau von Leander kenne.

»Kann ich denn was ausrichten?«

»Ja, also ... Nee, ja, äh ...« Ich verstumme.

Im selben Moment hören wir es über uns klingeln.

»Das ist er!«, ruft Mirjam. »Sag ihm, er soll seine Sachen unten stehen lassen, falls sein Vater es wieder nicht schafft, ihm zu helfen und einen Fuß in meine Wohnung zu setzen.« Dann spurtet sie die Treppen hoch.

»Ich hab gerade schon deine Geigen-Freundin mit ihrem Dackel gesehen«, murmelt Leander, während er sich mit dem Rücken voran ins Hinterhaus schiebt und einen Ziehkoffer die Schwelle hochklackert. »Der ist ja fast so schön wie Alrun ...«, er schielt zu mir rüber, »und Laila.«

»Cello«, sage ich und lächle vor mich hin.

»Hä?«

»Philine spielt Cello.«

»Ach ja, stimmt ja.« Leander wird ungefähr so rot wie sein Trolley. »Ich wär eigentlich gern zum Schulkonzert gekommen«, sagt er dann so leise, dass ich ihn kaum verstehe. »Weil, war ja klar, dass du da zuhörst. Aber es war ausgemacht, dass ich

Freitag nach dem Tierheim endlich mal wieder zu meinem Papi fahre, und ...«

»JA!«, platzt es da aus mir raus.

Leander zieht erschrocken die Schultern hoch. »Warst du deshalb so beleidigt?«, fragt er vorsichtig. »Weil du mir extra gesagt hattest, deine Freundin spielt Cello, und ich hab mich trotzdem nicht mit dir fürs Konzert verabredet? Oder war das, weil ich Emil den Brief gegeben hab und ...«

»JA!«, sage ich wieder. »JA! JA! JA!«

»Tut mir so leid, Janne.« Leander starrt auf seine schmuddeligen Halbschuhe. »Ich hab die ganze Zeit versucht, dich anzurufen und dir das zu sagen. Aber ich hab dich nie erreicht, und auf den Anrufbeantworter wollte ich nicht ...«

»Le-an-der!«, rufe ich, und in mir ist es mindestens so warm und weich, als hätte ich es mit einem wuscheligen Pudel zu tun.

»Hm?« Er guckt zögerlich auf.

»Ich hab JA gesagt, du Dösbaddel.«

20. Kapitel, in dem es um eine Schneeballschlacht-im-Regen geht, um eine Extra-Akte und um das Glück, nach Hause zu kommen

»Jaaanne!«, brüllt Emil, kaum dass Papa ihn aus seinem Autositz befreit hat. »Guck mal, ich hab dir Schnee mitgebracht! Bianca hat mir so ein Kaltbleib-Dingsbums geliehen.«

Und er zerrt mit aller Kraft eine Jumbo-Kühlbox auf Voigts regennassen Vorgartenweg.

Aber da bin ich schon an ihm vorbeigesaust und schmeiße mich voll Karacho in Papas Arme.

»Au, verdorri!«, flucht Papa. Dann hebt er mich ächzend in die Luft und gibt mir einen Kuss. »Hoi, mein Herzensmädchen! Ich merke, du lebst noch.«

»Ja-ha«, rufe ich und winde mich schon wieder frei. Jetzt kommt nämlich Mama, die noch ein bisschen mit ihrem ewig verklemmten Sicherheitsgurt gekämpft hat, vom Fahrersitz gekrabbelt, und sie muss ich auch ganz dringend begrüßen.

»Diese Karre gehört nur noch auf den Schrott«, stöhnt sie und nimmt mich fest in die Arme. »Meine einzige Beruhigung während der Fahrt war, dass du ja so lang wie nur irgend möglich bei Voigts bleiben wolltest. Oder etwa nicht, Hummel?« Sie schaut mir prüfend ins Gesicht.

»Auf alle Fälle«, höre ich Philine da hinter mir kichern. »Janni würde tausend Jahre hierbleiben, hab ich ja gesagt!«

Im selben Moment knallt mir etwas gegen den Rücken.

»Volltreffer!«, jubelt Emil.

Philine und ich werfen uns einen Blick zu, und sobald Mama und Papa mit Jochen und Dorothee im Haus verschwunden sind, stürzen wir uns auf die Kühlbox.

»Kannst du mir mal verraten, warum du Leander ohne zu fragen mein Löschblatt gezeigt hast?«, rufe ich und schleudere *zosch!* einen Schneeball auf mein unverschämtes Brüderlein.

Aber Emil verschanzt sich blitzschnell hinter Voigts Quellstein. »Oooch, ich hatte zuerst gedacht, dass der 'n Mädchen ist und du nur glaubst, du liebst 'nen Jungen. Da hab ich dem ... der ... also, da hab ich eben Leam...der gesagt, ihr könnt später trotzdem heiraten. Weil, Mädchen und Mädchen geht auch. Und Junge und Junge. Ich weiß das!«

»Sag bloß«, bemerke ich spitz. »Erzähl uns was Neues.«

»Zum Beispiel, warum du Janne dein Getratsche hinterher nicht gebeichtet hast«, ruft Philine und pirscht sich schneeballbewaffnet an seine Festung an. »Und ihr Leanders Brief nicht ganz normal gegeben. He?«

»Die hätte ja Mus aus mir gemacht!« Langsam taucht Emil aus der Versenkung auf, eine Notfall-

Verteidigungskugel wurfbereit in der Hand. »Aber jetzt bist du doch nicht mehr böse, Janne, oder? Wo ich dir ja extra was mitgebracht hab?«

»Doch, und wie!« Ich drohe ihm mit einer Riesenladung Schnee, und im nächsten Moment stecken wir in der wildesten Schneeballschlacht-im-Regen, die es je gegeben hat. Aber in echt bin ich keinen Fitzel sauer. Und Philine sowieso nicht. Die hat, als ich sie und Trinchen vor Leanders Haus eingesammelt hab, nur grinsend gesagt: »Mir scheint, jetzt muss Emilchen eine Spezial-Akte anlegen!«

Und dann stehen wir wieder vor unserem eigenen Haus. Vor unserem Mamapapajanneemilhaus.

»Na, ob auch niemand in den alten Kasten eingestiegen ist?«, fragt Papa, legt mir einen Arm um die Schultern und guckt zu unserer Wohnung hoch, die so dunkel und verlassen zwischen den hellen Fenstern der Nachbarn liegt – Frau Jacobis fernsehflackerigen, Marcs und Felix' designerlampigen und Herrn Kutschenreuters energiesparigen.

»Ach, so 'n Quatsch!« Ich beiße mir auf die Zunge. »Da haben Marc und Felix bestimmt aufgepasst. Und jetzt wird ja auch bald die Hintertür repariert.«

»Gut, dann wollen wir der Welt mal zeigen, dass wir wieder da sind«, verkündet Papa. Und während Mama schon anfängt, das Gepäck aus dem Kofferraum zu hieven, kramt er den Schlips aus seiner Kuhfell-Umhängetasche und knotet ihn wie eine Piratenflagge an das Fallrohr der Regenrinne.

»Du bist unmöglich, Alexander!«, sagt Mama, aber sie hat eine ganz zärtliche Stimme dabei.

Und da fällt mir was Wichtiges ein. »Sag mal, Null-Null-Emil«, zische ich und zupfe dem kleinen Schnüffler die verrutschte Fliege zurecht. »Haben Mama und Papa auf Biancas Hochzeit zufällig Lust bekommen, auch zu heiraten?«

»Ha! Wusste ich's ja, dass du mich das fragst«, flüstert er hochzufrieden zurück. »Aber ich hab gehört, wie Papa zu Mama in dem Standeshaus da gesagt hat, er kriegt von Hochzeiten allergische Pickel.« Emil legt den Kopf schief. »Bist du jetzt traurig, Janne-Tanne?«

Ich denke an Minus Eltern, die sich mit dem Arsch nicht angucken, und an Leanders Papi, der es nicht schafft, einen Fuß bei Mirjam reinzusetzen, und schüttle den Kopf. »Ist vielleicht nicht sooo wichtig.« Dann merke ich, wie usselig kalt es ist, und will mir die Hände in die Hosentaschen stecken. Aber mit der linken stoße ich auf etwas Glattes, Hartes, das ich vor dem Aufbruch noch in aller Eile aus Voigts matschigem Vorgarten geborgen hab und nun zum Sauberrubbeln ans Tageslicht befördere. Oder besser: Ans Neonlicht der Straßenlaternen.

»Ach, dein Indianerstein«, lacht Mama und schließt die Haustür auf. »Ehrlich gesagt hatte ich ja befürchtet, du würdest ihn irgendwo versieben.«

»Pfff!« Ich husche ins warme Treppenhaus, und während ich nach oben stapfe, betrachte ich die dunklen Sprenkel auf dem leuchtenden Türkis. »So ein Banause bin ich ja wohl auch nicht.«

MIX
Papier aus verantwortungsvollen Quellen
FSC® C008492
www.fsc.org

www.gulliver-welten.de

Originalausgabe: *Hundekuchen und Tartufi*

Gesamtausstattung: Michael Bayer
Neue Rechtschreibung
Einbandgestaltung: b3K Hamburg-Frankfurt – Max Bartholl
unter Verwendung einer Illustration von Michael Bayer
Gesamtherstellung: Beltz Bad Langensalza GmbH, Bad Langensalza
Printed in Germany
ISBN 978-3-407-74432-6
1 2 3 4 5   17 16 15 14 13

© Privat

Nikola Huppertz

Nikola Huppertz wurde 1976 in Mönchengladbach geboren. Sie hat Geige in Duisburg und Psychologie in Berlin studiert. Schon als Kind hat sie gern Geschichten erfunden. Ihr erstes Buch erschien 2009, seitdem hat sie viele weitere Kinderbücher veröffentlicht. Nikola Huppertz lebt mit ihrer Familie in Hannover.

© Privat

Michael Bayer

Michael Bayer wurde 1971 in Friedrichshafen am Bodensee geboren. Er hat Visuelle Kommunikation in Münster studiert. Nachdem er den Abschluss als Diplomdesigner erworben hat, arbeitete er einige Zeit bei einer Werbeagentur. Heute ist er freiberuflicher Illustrator.

Alle lieben Laila

GABRIEL

Nikola Huppertz
Hundeglück muss man haben
152 Seiten
ISBN 978-3-522-30282-1

Laila ist Jannes Hund, zumindest sieht Janne das so. Abgesehen von der klitzekleinen Kleinigkeit, dass Laila im Tierheim lebt und Janne sie streng genommen nur regelmäßig besucht und betüddelt. Das genießt Janne gerade besonders, weil ihre Mutter vier ewige Wochen in Venezuela ist und zu Hause das große Macho-Chaos tobt. Und ausgerechnet jetzt soll Laila neue Besitzer bekommen! Janne fühlt sich allein wie noch nie. Aber da winkt tatkräftige Unterstützung, mit der sie überhaupt nicht gerechnet hat.

GABRIEL
Was wirklich zählt!

www.gabriel-verlag.de

Nikola Huppertz

Biete Bruder! Suche Hund!

Mit Bildern von Michael Bayer
Roman, 144 Seiten (ab 8), Gulliver TB 74353

Plötzlich ist Jannes größter Traum, einen Hund zu haben, zum Greifen nah: Denn ihre Freundin verreist und sucht eine Wochenendherberge für den Dackel Trinchen. Jannes Eltern jedoch stellen sich quer. Janne sieht nur einen Ausweg: Sie muss Trinchen heimlich zu sich holen. Doch schon bald stecken die beiden in einem haarsträubenden Abenteuer mit Geheimagenten, fiesen Entführern und mysteriösen Nachbarn …

Cornelia Franz

Rette die Smaragdschlucht!

Ein Öko-Entscheidungskrimi
Roman, 192 Seiten (ab 9), Gulliver TB 74367

Leon kann kaum glauben, was sein Hund Bulli da anschleppt. Eine tote Ente! Ausgerechnet hier in der Smaragdschlucht, dem Naturschutzgebiet am Stadtrand. Als Bulli daraufhin krank wird und Luisa und Leon Totenkopffässer in der Schlucht entdecken, beschließen sie zu handeln. Aber wie? – Die Entscheidung liegt beim Leser, denn zwei Schlüsse stehen zur Auswahl. Geht es wirklich um Piraten? Wird Bulli wieder gesund werden? Sicher ist nur eines: Die Smaragdschlucht kann gerettet werden …

GULLIVER
www.gulliver-welten.de
Beltz & Gelberg, Postfach 10 01 54, 69441 Weinheim